CONTOS, FÁBULAS E AFORISMOS

KAFKA

CONTOS, FÁBULAS E AFORISMOS

FRANZ

Organização, tradução e introdução de
Ênio Silveira

Ilustrações de Franz Kafka

2ª edição

Rio de Janeiro | 2021

Copyright da tradução © 1993 by Editora Civilização Brasileira S/A

Diagramação: Abreu's System
Capa: Maikon Nery

CIP-BRASIL. CATALOGAÇÃO NA PUBLICAÇÃO
SINDICATO NACIONAL DOS EDITORES DE LIVROS, RJ

K16c
2. ed.

Kafka, Franz, 1883-1924
  Contos, fábulas e aforismos / Franz Kafka ; seleção, tradução
e introdução de Ênio Silveira. — 2. ed. — Rio de Janeiro :
Civilização Brasileira, 2021.

ISBN 978-65-5802-039-4

1. Contos tchecos (Alemanha). I. Silveira, Ênio. II. Título.

21-71503

CDD: 833
CDU: 82-34(437.3)

Meri Gleice Rodrigues de Souza – Bibliotecária – CRB-7/6439

Todos os direitos reservados. É proibido reproduzir, armazenar ou transmitir
partes deste livro, através de quaisquer meios,
sem prévia autorização por escrito.

Texto revisado segundo o novo Acordo Ortográfico da Língua Portuguesa.

Direitos desta edição adquiridos pela
EDITORA CIVILIZAÇÃO BRASILEIRA
Um selo da
EDITORA JOSÉ OLYMPIO LTDA.
Rua Argentina, 171 – Rio de Janeiro, RJ – 20921-380 – Tel.: (21) 2585-2000.

Seja um leitor preferencial Record.
Cadastre-se em www.record.com.br e receba informações sobre nossos
lançamentos e nossas promoções.

Atendimento e venda direta ao leitor:
sac@record.com.br

Impresso no Brasil
2021

SUMÁRIO

Nota da editora à segunda edição   7
Texto de capa da primeira edição, Ênio Silveira   11
Nota introdutória, Ênio Silveira   15

CONTOS E FÁBULAS

Prometeu   25
Graco, o caçador   27
Uma fabulazinha   37
A respeito de parábolas   39
Um médico de aldeia   41
Chacais e árabes   53
Preocupações de um homem de família   61
O novo causídico   65
Comunicação a uma Academia   67

AFORISMOS

"Ele" — (anotações do ano 1920)   85
Reflexões sobre o pecado, a dor,
a esperança e o caminho certo   99

Fontes   127

NOTA DA EDITORA À SEGUNDA EDIÇÃO

A PRIMEIRA EDIÇÃO DESTE *Contos, fábulas e aforismos*, de Franz Kafka, foi concebida por Ênio Silveira, que assina a seleção, a tradução e a introdução. Por isso, esta segunda edição revista é também uma homenagem a esse importante editor, que em 2021 completaria 70 anos na Civilização Brasileira.

A vida de Ênio, que é comparado a Monteiro Lobato devido à sua importância para o desenvolvimento do mercado editorial no país, se confunde com a história da sua editora. Laurence Hallewell conta, em *O livro no Brasil: sua história* — que teve edição revista e ampliada pela Edusp em 2005 —, que a Civilização Brasileira foi fundada em 1929 por Getúlio M. Costa, Ribeiro Couto e Gustavo Barroso. Três anos depois, em 1932, foi comprada por Octalles Marcondes Ferreira, e passou a ser a sede carioca — e livraria — da Companhia Editora Nacional. Nessa época, o selo Civilização Brasileira publicava prioritariamente títulos adultos da companhia. Entre 1932 e 1944, o selo também publicou livros de seu catálogo em Portugal.

Octalles foi sócio de Monteiro Lobato em 1925. Juntos, expandiram a Cia Gráfico-Editora Monteiro Lobato e fundaram a Companhia Editora Nacional, então o maior grupo editorial do país. Em outubro de 1929, Lobato deixou a sociedade.

Em 1943, Ênio Silveira passou a integrar a Companhia Editora Nacional. Dois anos depois, tornou-se seu diretor editorial. Em 1951, passou a dirigir a Civilização Brasileira, que funcionava mais como livraria do que como editora.

Ênio, que fazia parte do Partido Comunista Brasileiro, aos poucos fortaleceu o catálogo da Civilização Brasileira. E não só estimulou a produção de autores nacionais como trouxe grandes autores estrangeiros. Por exemplo, em 1959, quando Nabokov não era conhecido no Brasil, Ênio imprimiu — e vendeu — 60 mil exemplares de *Lolita*, que se esgotaram em dez meses. Foi uma primeira tiragem de livro literário extremamente otimista — até para a atualidade.

Em 1963, Octalles, que era sogro de Ênio e avesso à linha editorial mais à esquerda, passou ao genro a propriedade da editora. Chegou a dizer que fez isso porque tinha um genro muito bom e não queria ter desavenças com ele.

A partir daí a imagem da Civilização Brasileira foi completamente reformulada, favorecida pela colaboração arrojada do artista plástico Eugênio Hirsch — que já fazia capas para a editora. Houve também o aumento de lançamentos de não ficção na área de ciências humanas.

O editor foi um forte opositor do regime ditatorial. Foi preso cinco vezes entre 1964 e 1970 — uma delas por editar a coleção Cadernos do Povo Brasileiro (publicada de 1962 a 1964), com livros que tratavam de temas econômicos, sociais e políticos, com preço e linguagem acessíveis, destinados à classe trabalhadora. O primeiro volume, *Que são as ligas camponesas?*, era assinado por Francisco Julião, advogado e político pernambucano e um dos líderes da luta pela reforma agrária que teve que deixar o Brasil após a ditadura empresarial-civil-militar iniciada em 1964. A publicação foi proibida e descontinuada.

Outras publicações de resistência pensadas por Ênio Silveira foram a *Revista Civilização Brasileira*, dirigida por Moacyr Félix e Dias Gomes e fechada em 1968 após o Ato Institucional número 5; o jornal semanal *Reunião*; e a revista *Política Externa Independente*, que foi dirigida por Celso Furtado. Em 1978, lançou *Encontros com a Civilização Brasileira*, com Moacyr Félix.

Em 1966, Ênio fundou a revista *Paz e Terra*, sob direção de Waldo Aranha Lenz César, inspirada pela encíclica papal *Pacem in Terris*. O objetivo era divulgar ideias ecumênicas progressistas, e acabaria por lançar no Brasil a Teologia da Libertação. Com o tempo, a Paz e Terra passou a publicar livros, constituindo-se uma nova editora. Em 1975, foi vendida a Fernando Gasparian.

Por diversas vezes, Ênio foi coagido a deixar a direção da Civilização Brasileira. Em 1970, teve livros confiscados, o escritório da sua editora incendiado e seus direitos políticos cassados. O governo do general Costa e Silva (1967-1969) pressionou os bancos a não liberarem crédito para a editora.

Entre grandes títulos de não ficção de esquerda publicados por Ênio estão: O *capital*, pedra angular do pensamento de Karl Marx, em tradução direta do alemão por Reginaldo Sant'Anna, que ainda consta do catálogo atual da editora, e *Cartas do cárcere*, de Antonio Gramsci, em tradução de Noenio Spinola.

Na década de 1980, com a abertura política, a Difel passou a colaborar com a Civilização Brasileira, e um banco de capital português e uma pessoa jurídica estrangeira adquiriram 90% do capital da editora.

Ênio da Silveira faleceu em 1996. No mesmo ano, a Civilização Brasileira e a Difel foram adquiridas pelo Grupo Editorial Record, que manteve o legado do grande editor, publicando os melhores autores das ciências sociais ligados ao pensamento de esquerda.

TEXTO DE CAPA DA PRIMEIRA EDIÇÃO
Kafka, claro enigma

Ênio Silveira

EMBORA RELATIVAMENTE POUCO EXTENSA, a obra de Franz Kafka sempre teve grande profundidade. O aparente desapreço que o escritor manifestava por sua criação literária ("Meu fracasso... não deve ser atribuído à indolência, à má vontade ou à inépcia, [...] mas à falta de sustentação, de ar, de autoridade [...]", como se lê em seu *Diário*), culminado com a solicitação que fez ao amigo e testamenteiro Max Brod de que destruísse, sem lê-los, todos os originais que encontrasse após a sua morte, ocultava diligente preocupação não apenas com a qualidade dos textos em seu conjunto, mas com as palavras que os compunham.

Se o mundo da cultura deve à inspirada "traição" de Max Brod a sorte de poder contar hoje em seu patrimônio obras tão significativas (embora o autor não as considerasse definitivamente prontas e acabadas) como os romances América, O processo e O castelo, é também nos trabalhos "menores", os volumes de contos publicados em vida — e postumamente — que irá encontrar fulgurantes manifestações de seu extraordinário talento.

Pondo no papel sua solidão filosófica e emocional diante da vida e da sociedade, cujos desacertos e contradições sabia analisar com tão nítida agudeza crítica, Franz Kafka agia como se estivesse diante de severo juiz ou de distante confessor, pois escrevia basicamente para o exigente leitor que era ele próprio.

Os contos (ora extensos, ora miniaturas), bem como as fábulas e os aforismos reunidos neste volume, permitem-nos mergulhar nas águas profundas, mas bastante claras apesar de seu enigmático mistério, de uma obra que jamais deixou de ser calorosamente humana, por mais que seus contornos se mostrem como gelados cristais. Em sua aparente misantropia, Kafka não passava de um tímido, de um *gauche*, que via com emoção o cortejo passar diante de seus olhos, analisava cada detalhe e reagia com a cabeça e o coração tanto às grandezas quanto às misérias de nossa condição terrena.

Participar ativamente desse cortejo implicaria acomodação e concessões às normas e conveniências a que ele preferia não se entregar. Postando-se à margem, ele se via "ora como um fim, ora como um começo", como se lê numa anotação de seu *Diário*.

Este livro por certo não decifrará o enigma kafkiano, mas comprovará que a cada nova leitura de sua obra mais ele se torna atual e inquietantemente provocador, no bom sentido da palavra.

NOTA INTRODUTÓRIA
Kafka, singular e plural

Ênio Silveira

"Sento-me à minha escrivaninha. Você nunca a viu, e como poderia? Bem, é uma escrivaninha muito decorosa, que impõe disciplina. No espaço onde coloco os joelhos há dois terríveis espigões de madeira, e veja só o que acontece: se me sento bem-composto, com todo cuidado, e escrevo algo respeitavelmente burguês, fico bem à vontade. No entanto, se me deixo dominar por alguma excitação e meu corpo começa a tremer, mesmo que de leve, é inevitável que um dos espigões me fira o joelho, e como dói! Eu até poderia mostrar-lhe as cicatrizes que tenho... A explicação é simples: não escrever coisa alguma em estado emocional e, antes de tudo, jamais tremer ao fazê-lo..."

— De uma carta a Oskar Pollak, em 23/8/1902

"Jamais fui orientado na vida, ao contrário de Kierkegaard, pela mão já bastante desalentada do cristianismo, nem me agarrei, como os sionistas, à última franja do xale de orações dos judeus. Vejo-me ora como um fim, ora como um começo."

— Anotação não datada, em seu *Diário*

"Quando rapaz, sempre fui (e teria assim permanecido indefinidamente se as circunstâncias não me tivessem forçado à percepção) tão inocente e desinteressado a respeito de questões sexuais quanto o sou, hoje, por exemplo, no tocante à teoria de relatividade. Eu apenas notava (depois de ter sido cuidadosamente orientado quanto a isso) que as mulheres consideradas por mim mais bonitas e elegantes eram exatamente aquelas tidas como devassas."

— Anotação no Diário, 10/4/1922

"Meu fracasso — se podemos chamá-lo assim — em terrenos como o da vida familiar, da amizade, do trabalho e da literatura não deve ser atribuído à indolência, à má vontade ou à inépcia — embora um pouco de cada tenha contribuído para ele, pois, como se diz, 'Pisado, o menor verme se revira' —, mas à falta de sustentação, de ar, de autoridade. [...]"

— Anotação não datada, em seu *Diário*

As citações transcritas à guisa de epígrafe já bastariam para revelar alguns traços fundamentais da personalidade de Franz Kafka: a autodepreciação, a dificuldade de relacionamento com terceiros, o egocentrismo negativo, o complexo de culpa, a depressão.

Mas será que nos dariam visão abrangente desse ser humano e escritor extraordinário que, em sua existência, realizou uma obra tão densa e perturbadora que ainda hoje, quase 70 anos depois de sua morte, nos provoca tão forte impacto emocional e incessantemente nos desafia a decifrar-lhe o mistério?

Creio que não. Seus livros merecem abordagem continuada e múltipla e, a cada releitura, como calidoscópios literários que são, apresentam novas facetas, novos ângulos, alternam imagens brilhantes e sombrias, dão falsas respostas e formulam provocadoras perguntas, como se, atencioso mas impassível, Kafka nos estivesse dizendo: "Sim, leitor, sua visão é bastante correta até aqui, *mas...*" e, com essa adversativa, de novo nos lançasse num torvelinho de dúvidas a respeito do que acabamos de ler e da motivação íntima de quem os escreveu.

Muitos críticos literários, munidos do "Abre-te, Sésamo" psicanalítico (que é, em si, antes uma engenhosa ferramenta ficcional do que um método rigorosamente científico em matéria de pesquisa psicológica), apoiam-se na biografia factual do ser humano F.K. pensando que ela lhes dará as coordenadas decisivas para a interpretação do escritor. No entanto, embora peculiar, ela não é, e jamais será, o guia que nos conduzirá à saída do labirinto kafkiano.

Franz Kafka nasceu em 3 de julho de 1883 no centro histórico — a "Cidade Velha" — de Praga, primeiro filho de próspero comerciante judeu (que se orgulhava não apenas de suas aptidões comerciais, mas também de sua grande força física) e de uma mulher voltada para as coisas artísticas e culturais, com acentuado interesse pelo excêntrico e o exótico. O casal teve em seguida dois outros meninos, mas ambos morreram logo. Seis anos depois do primogênito nasceu a primeira das três irmãs que Franz viria a ter. Apenas uma delas, a caçula, se ligaria a ele bem mais tarde, tendo sido grande amiga e companheira nos derradeiros anos de sua existência.

Kafka teve, pois, uma infância extremamente solitária: sua timidez e sua disposição sonhadora não favoreciam entendimento com o pai, ao passo que a mãe, voltada para as filhas e para seu mundo interior, não tinha muito tempo para ele. Na escola primária, no ginásio e na universidade (onde se formou em Direito, em 1906), foi sempre educado como um alemão, seguindo as origens culturais da família. Mas, embora Praga, na antiga Boêmia, fosse importante cidade do Império Austro-Húngaro, ele não deixava de ser um *alemão* (raça dominante) entre os tchecos e um *judeu* (raça de segunda classe) entre os austríacos e alemães. Essa dupla marginalização iria tocá-lo no íntimo, apesar de que, para uma família não ortodoxa como a sua, o judaísmo fosse mais um traço histórico do que étnico ou religioso.

A essas marginalizações (familiar, cultural, racial) viria logo juntar-se outra, a profissional. Tendo feito o curso jurídico para escapar do microcosmo empresarial do pai (com o qual seu relacionamento era sempre mais e mais difícil), ele foi trabalhar na área de seguros, primeiro numa companhia italiana e, depois, em 1908, numa repartição oficial, o Departamento de Seguros de Acidentes dos Trabalhadores, em Praga. Foram anos de mal-estar, pois a rotina funcional e a aridez dos cálculos financeiros lhe causavam profundo desalento, e ele se sentia num mundo que também não era o seu.

Uma válvula de escape para essas frustrações simultâneas e concêntricas poderia ter sido encontrada num engajamento amoroso, mas, ainda nessa área, Franz Kafka não logrou alcançar felicidade plena. Seu romance com uma jovem berlinense, Felice Bauer, foi tão cheio de projetos quanto de indecisões, tanto assim que, em 1914, ele rompe de novo, agora em definitivo, o noivado que duas vezes os uniu. Kafka voltou a se apaixonar duas outras vezes, a primeira por Milena Jesenská (que se tornou célebre pelas *Cartas a Milena*, publicadas após a morte do escritor), a segunda por Dora Dymant, pouco mais de um ano antes de morrer. Dificultados por sua debilitada condição de saúde (ele teve uma congestão pulmonar que o tornou vítima de renitente tuberculose) e complicados, sempre, pelos seus problemas de inter-relacionamento, esses dois últimos casos amorosos também não vicejaram, e ele jamais alcançou, portanto, a estabilidade sentimental que tão angustiadamente (embora com ineficiência talvez deliberada) buscava.

Kafka não conseguiu, igualmente, criar amizades duradouras em sua vida. Embora fosse admirado ao longo dos estudos pela seriedade com que a eles se dedicava e, no trabalho, sua atitude reservada e eficiente comandasse respeito, ele próprio se considerava um fracasso nessa área, como prova a quarta das citações que usamos como epígrafe. Há, no entanto, uma admirável exceção, representada pelo escritor Max Brod, que, colega de Kafka na Universidade de Praga, foi seu amigo, confidente e companheiro até o dia em que ele faleceu.

Embora apaixonado pela literatura e muito dedicado à sua própria criação, que usava como uma espécie de catarse, Kafka não se considerava escritor dominado por vocação e desejo. Tanto assim que já tinha vivido três quartas partes de sua breve existência quando publicou o primeiro livro, *Betrachtung* (*Reflexões*), em janeiro de 1913, seguido quatro meses depois de *Der Heizer* (*O foguista*), que recebeu um prêmio literário em 1915. Nos meses finais daquele ano publicou também *Das Urteil* (*A sentença*), contos, e *Die Verwandlung* (*A metamorfose*), novela, esta sendo, hoje, uma de suas obras mais conhecidas e estimadas universalmente. Cinco anos passaram em branco até que, em 1918, ele volta às livrarias com dois volumes de contos, *Ein Landarzt* (*Um médico de aldeia*) e *In einer Strafkolonie* (*Numa colônia penal*).[1]

---

[1] Ênio Silveira optou por traduzir o título original das obras de Franz Kafka. Três deles não coincidem com sua edição brasileira corrente (cada um publicado por editoras diversas): *Das Urteil* (*O veredicto*), *Ein Landarzt* (*Um médico rural*) e *In einer Strafkolonie* (*Na colônia penal*). [N. da E.]

Pouco antes de morrer, Kafka escreveu severas disposições finais a respeito de sua obra inédita: nomeando Max Brod seu testamenteiro literário, determinou-lhe a obrigação de destruir — sem os ler antes — todos os seus manuscritos. Em deliberada traição ao desejo do amigo falecido, pelo que a cultura universal lhe será eternamente grata, Max Brod não apenas leu, mas conservou, revisou e fez publicar os textos de três grandes obras-primas, os romances inacabados Amerika (América), Der Prozess (O processo) e Das Schloss (O castelo), bem como volumes de contos esparsos — Erzählungen und KleineProsa (Contos e textos breves) e Beim bau der Chinesischen Mauer (Ao pé da Muralha da China) —, além de extratos dos Tagebücher (Diários).[2]

A decisão de Max Brod, se a analisarmos com objetividade, não poderia mesmo ser acusada de desrespeito à última vontade de seu amigo. Seria ela, de fato, para valer? Se Kafka se autodepreciava a tal ponto, ou se, escritor exigente, ainda não considerava prontas para publicação obras tão relevantes como esses três romances, por que é que ele próprio não as destruiu? É como se alguém chamasse uma pessoa de sua mais total confiança e lhe dissesse: "Meu caro, pensei bem e quero acabar com minha vida. Apanhe o revólver que está na primeira gaveta da cômoda e me dê um tiro no coração."

---

[2] Erzählungen Erzahlungen und Kleine Prosa, título inédito em português, reúne todos os textos que Kafka publicou em vida. O título de Beim bau der Chinesischen Mauer no Brasil é A Muralha da China. [N. da E.]

Seja como for, deve-se a ela a consolidação da nomeada internacional de um autor singular e plural, que punha no papel sua solidão filosófica e emocional diante do mundo e, ao mesmo tempo, tinha perfeita visão crítica a respeito das contradições desse mundo. A difícil tarefa de viver implicava acomodação com a hipocrisia, com os preconceitos, com o abuso do poder (físico, financeiro, político), com as soluções convencionais para problemas de essência, o que ele, Franz K., abominava.

Em sua biografia de Kafka,[3] Max Brod fez nesta frase um retrato psicológico que nos parece adequado à conclusão desta nota, precisamente por ser inconclusivo: "Qualquer estudo aprofundado de suas fraquezas demonstrará que todas elas emanam, tragicamente, de suas virtudes. [...] Pode-se desenvolver explicação sobre explicação (como sem dúvida irá ocorrer), sem necessariamente chegar a qualquer conclusão final; será algo equivalente a seguir ao longo de alto muro sem entradas, sem jamais penetrar no pátio que ele cerca. No entanto, esse percurso em vão, inconclusivo, acabará por nos permitir uma compreensão de sua personalidade: da dimensão, da força, do peso e da transcendência que a marcam. E isso estará perfeitamente adequado, convém dizer, ao próprio método kafkiano de estudar as pessoas: analisá-las, abstendo-se de explicação definitiva."

---

[3] Inédita em português. [N. *da* E.]

CONTOS E FÁBULAS

PROMETEU

HÁ QUATRO LENDAS REFERENTES a Prometeu:

De acordo com a primeira, ele foi amarrado a um penhasco no Cáucaso por ter revelado aos homens os segredos dos deuses, e os deuses enviaram águias que se alimentavam de seu fígado, perpetuamente renovado.

De acordo com a segunda, Prometeu, angustiado pela dor que lhe causavam as incessantes bicadas das águias, recostou-se cada vez mais sobre o penhasco, a ponto de tornar-se parte dele.

De acordo com a terceira, sua inconfidência foi esquecida ao cabo de milhares de anos, assim como também os deuses, as águias, e ele próprio.

De acordo com a quarta, todos acabaram por se enfadar com história tão sem sentido. Os deuses se cansaram, as águias se cansaram, a ferida se cansou — e cicatrizou normalmente.

Restou, apenas, a massa inexplicável do penhasco. A lenda tentou explicar o inexplicável. Como ele teve origem num elemento de verdade, teria mesmo que acabar no inexplicável.

GRACO, O CAÇADOR

SENTADOS NO PAREDÃO DO cais, dois garotos jogavam dados. Um homem lia o jornal nos degraus do monumento, à sombra do herói que brandia um sabre. Na fonte, uma mocinha enchia seu cântaro. Um vendedor de frutas descansava ao lado de sua balança e olhava perdidamente para o mar. No fundo de uma taberna, pela janela aberta e a porta escancarada, viam-se dois homens tomando vinho. O taberneiro, sentado a uma das mesas da frente, tirava um cochilo. Uma barcaça se encaminhava silenciosamente para o pequeno porto, como se estivesse sendo impelida sobre a água por alguma força invisível. Um homem vestindo uma camisa azul saltou para terra e passou uma amarra pela argola do moitão. Atrás do barqueiro surgiram dois outros homens, vestindo blusões escuros com botões prateados, que carregavam um ataúde, no qual, sob um manto de seda com ornamentos florais, devia estar estendido um corpo.

No cais, ninguém deu atenção especial aos recém-chegados, nem mesmo quando pousaram o ataúde para esperar pelo barqueiro, que ainda se ocupava com o cordame. Não se aproximaram deles, não lhes fizeram perguntas, não lhes dirigiram sequer um olhar inquisitivo.

O piloto da barcaça viu-se também detido alguns instantes por uma mulher que, com os cabelos desalinhados e um bebê ao peito, surgiu no convés. Ele se pôs a andar, então, e indicou uma casa amarelada, de dois andares, que se erguia abruptamente à esquerda, à beira-mar. Os dois carregadores reergueram seu fardo, levando-o até diante de uma porta baixa, ladeada de colunas graciosas. Um garotinho entreabriu uma janela, ainda a tempo de ver o cortejo sendo engolido pela casa, mas fechou-a logo em seguida. A porta da frente foi igualmente fechada; era de carvalho, escura e solidamente construída. Um bando de pombos, que até então esvoaçava em torno do campanário, veio pousar na rua, diante da tal casa, como que sabendo que ali estava guardado o seu alimento. Um deles logo se ergueu dali, voando até a janela do primeiro andar, cuja vidraça tocou com o bico. Eram aves bonitas e bem-tratadas, de penas brilhantes. A mulher que surgira no convés da barcaça atirou-lhes milho com um gesto largo; eles comeram avidamente os grãos e foram pousar depois à sua volta.

Um homem de cartola, em torno da qual estava amarrada uma faixa de crepe preto, desceu por uma das vielas estreitas que, em acentuado declive, conduziram até ao porto. Olhava atentamente em redor de si, tudo parecendo desagradá-lo. Um monte de lixo a um canto fez com que torcesse a boca. Nos degraus do monumento havia cascas de frutas; ao passar, jogou-as longe com a ponta de sua bengala. Bateu então na porta da casa, ao mesmo tempo que se descobria com a outra mão, também enluvada de negro. Ela foi imediatamente aberta, e cerca de cinquenta meninos, em duas filas, postaram-se ao longo do corredor, saudando-o com uma curvatura de cabeça.

O piloto desceu as escadas da casa para vir receber e saudar o senhor em trajes fúnebres, conduzindo-o depois ao primeiro andar, onde passaram pela elegante galeria que circundava o pátio antes de entrar numa grande sala fria dando para os fundos, de cuja janela não se via qualquer edificação, mas apenas uma escura parede nua e pedrosa. Os meninos se mantiveram a respeitosa distância.

Os carregadores estavam ocupados em colocar e acender longas velas à cabeceira do ataúde, mas elas não davam luz clara, apenas ajudavam a afugentar as sombras até então imóveis, fazendo-as dançar pelas paredes. O manto que encobria o esquife fora retirado, permitindo que se visse o corpo de um homem que se poderia tomar por caçador, cujos cabelos estavam bastante emaranhados. Ali jazia imóvel, de olhos fechados, sem respiração aparente; no entanto, apenas suas vestes indicavam que provavelmente estivesse morto.

O cavalheiro de luto chegou ao lado do esquife, pousou uma das mãos na testa do homem, ajoelhou-se e rezou. O barqueiro fez um sinal para que os carregadores deixassem a sala. Eles se foram, fecharam a porta e afastaram os meninos que se haviam reunido na varanda. Mas o cavalheiro demonstrou que ainda faltava alguma providência. Deitou um olhar ao piloto, que o entendeu logo e retirou-se por uma porta lateral para o quarto contíguo. Imediatamente o homem deitado no ataúde abriu os olhos, voltou com esforço a cabeça para o cavalheiro vestido de preto e perguntou-lhe:

— Quem é o senhor? — sem demonstrar a menor surpresa, o cavalheiro ergueu-se da posição genuflexa e respondeu.

— Sou o Burgomestre de Riva.

O homem no ataúde acenou com a cabeça, apontou-lhe uma cadeira com um tênue movimento do braço e disse, depois de a autoridade ter acedido ao seu convite:

— Eu já sabia, senhor Burgomestre, mas, nos primeiros instantes depois de recobrar a consciência, tenho sempre a cabeça vazia, tudo gira diante de meus olhos, e mais vale perguntar, mesmo quando sei tudo. O senhor também deve saber, com certeza, que eu sou Graco, o caçador.

— Sem dúvida — respondeu o Burgomestre. — Tive notícia de sua chegada esta noite. Estávamos dormindo há horas quando, lá pela meia-noite, minha mulher me chamou: "Salvatore!", este é o meu nome, "olha aquela pomba ali na janela". Era de fato uma pomba, mas grande como uma galinha. Ela voou até mim e me disse ao ouvido: "Graco, o caçador que morreu, chegará amanhã. Receba-o em nome da cidade."

O caçador acenou com a cabeça, passou a ponta da língua pelos lábios e confirmou:

— Sim, os pombos sempre me precedem. Mas o senhor acredita, Burgomestre, que eu deva permanecer em Riva?

— Não posso dizer, por enquanto. Afinal, o senhor morreu, ou não?

— Sim, respondeu o caçador. O senhor pode ver que sim. Faz tempo, muitos, muitíssimos anos, que eu caí de um precipício na Floresta Negra, na Alemanha, está visto, quando caçava camurças. Estou morto desde então.

— Mas continua vivo também — disse o Burgomestre.

— De certa maneira, sim — respondeu-lhe o caçador.

— De certa maneira, continuo vivo. A minha barca da morte perdeu seu rumo. Teria sido por um giro inadequado da roda do leme, uma distração do piloto, um desejo de regressar à minha linda terra natal? Sei lá qual foi a causa... Somente sei que, a partir daí, permaneci na Terra, e minha barca navega sempre por todas as águas do globo. Assim, eu, que jamais pretendera deixar minhas montanhas queridas, hoje viajo depois da morte por todas as nações.

— E o senhor nada tem a ver com o outro mundo? — perguntou o Burgomestre, franzindo as sobrancelhas.

— Estou permanentemente na escadaria que leva até ele — respondeu o caçador. — Passo o tempo em seus degraus imensos, ora subindo um pouco, ora descendo um pouco, às vezes pela esquerda, outras pela direita, mas sempre em movimento. O caçador, como vê, transformou-se numa espécie de borboleta. Não ria, por favor!

— Não estou rindo — garantiu o Burgomestre.

— Muito bem, agradeceu o caçador. Como dizia, estou sempre em movimento. No entanto, quando me atiro a um esforço supremo, e já vejo brilhar diante de mim a grande porta lá nas alturas, sempre acordo na minha velha barca, ainda à deriva em algum deplorável oceano ou mar terrestre. O erro fundamental de minha morte em hora incerta vem debochar de mim em meu camarote. Júlia, a mulher do piloto, bate então à minha porta e traz-me até o ataúde a bebida matinal da região ao longo de cuja costa naveguemos. Encontro-me deitado num catre de madeira, não sou uma figura agradável de ver, coberto por imunda mortalha, meu cabelo e minha barba intonsos, já se tornando grisalhos, cresceram a ponto de se emaranharem, minhas pernas estão envoltas num xale feminino com motivos florais e longas franjas. À minha cabeceira há sempre uma vela acesa. À minha frente, na parede, há um pequeno quadro, retratando evidentemente um bosquímano, que, oculto atrás de seu escudo com belas decorações artísticas, aponta sua lança para mim. A bordo da barca sempre se é presa de visões tão ridículas quanto essa, embora poucas sejam tão estúpidas assim. Excluindo tais alucinações, esta minha casa de madeira está vazia. Por uma vigia entra sempre o ar quente das noites do Sul, e ouço a água batendo nos costados da velha barca.

Fez uma pequena pausa e prosseguiu:

— É aqui que tenho repousado desde o dia em que, como Graco, o caçador, vivendo na Floresta Negra, persegui uma camurça e tombei no precipício. Tudo se passou na ordem previsível: corri atrás do animal, caí, esvaí-me em sangue numa ravina, e morri. Esta barca da morte devia ter me transportado para o Além. Lembro-me ainda da satisfação que tive ao me estender pela primeira vez neste leito de madeira. As montanhas jamais tinham me ouvido cantar como ouviram estas paredes sombrias...

"... Eu vivera com prazer, e morria da mesma maneira. Antes de entrar a bordo, atirei fora alegremente o deplorável equipamento de caça, caixa de pólvora, espingarda, bornal, que sempre usara com tanto orgulho. Enfiei-me então em minha mortalha assim como uma noiva coloca seu vestido de casamento. Deitei-me e fiquei à espera. Foi aí que ocorreu o infortúnio."

— Que coisa terrível! — disse o Burgomestre, elevando o braço como num gesto de defesa. — E o senhor não se sente culpado por nada disso?

— Por nada! — respondeu o caçador. — Eu era apenas um caçador... Há algum pecado nisso? Perambulava pela Floresta Negra, onde ainda havia lobos naquele tempo. Preparava emboscadas, disparava, acertava, esfolava os animais abatidos... Há algum pecado nisso? Meu trabalho era até louvado! Chamavam-me "O grande caçador da Floresta Negra". Há algum pecado nisso?

— Não cabe a mim julgar — disse o Burgomestre —, mas não me parece haver pecado algum nessas coisas. Mas, de quem é a culpa, afinal?

— Do barqueiro — respondeu o caçador. — Mas ninguém ligará para o que lhe conto agora, ninguém virá socorrer-me. Se tivessem a obrigação de fazê-lo, todas as casas se fechariam, todas as portas, todas as janelas. Todas as pessoas se enfiariam em suas camas, a cabeça sob as cobertas, e a Terra se transformaria numa imensa estalagem. E não deixariam de ter razão, pois ninguém me conhece e, se tivessem alguma ideia a meu respeito, decerto não saberiam onde me encontrar; por outro lado, se me encontrassem, não saberiam como tratar-me, sendo incapazes de me darem ajuda. A ideia de me auxiliarem passa a ser como que uma doença, e é na cama que ela deve ser tratada. Sei disso muito bem, e por esse motivo não peço ajuda, embora haja momentos em que perca o domínio de mim mesmo, como aconteceu ainda há pouco, e chegue a pensar angustiadamente nisso. Para afastar tais pensamentos, basta-me, no entanto, olhar em torno para descobrir onde estou, onde, posso assegurá-lo, tenho estado há centenas de anos.

— É extraordinário — exclamou o Burgomestre. — Extraordinário! E, agora, pensa em ficar conosco aqui em Riva?

— Não, não penso nisso — respondeu o caçador com um pálido sorriso, pousando a mão no joelho dele, como que para desculpar-se. — Estou aqui neste instante, nada mais posso acrescentar, nem sei para onde vou... Minha barca não tem leme e é tocada pelos ventos que sopram nas regiões mais profundas da morte.

UMA FABULAZINHA

— AI DE MIM! — exclamou o camundongo. — O mundo está ficando cada vez menor. De início era tão grande que eu me apavorava. Vivia correndo para cá e para lá, e só me tranquilizava quando via, por fim, paredes bem distantes à esquerda e à direita. Mas o espaço entre essas paredes estreitou-se tão rapidamente que já me encontro na última câmara e vejo ali no canto ratoeira onde decerto esbarrarei.

— Ora, basta-lhe escolher outro caminho — disse o gato antes de engoli-lo.

A RESPEITO DE PARÁBOLAS

MUITAS PESSOAS SE QUEIXAM de que as palavras dos doutos geralmente não passam de parábolas, não tendo a menor utilidade na vida cotidiana, que é a única que temos. Quando um sábio nos diz "Passe até lá", ele não nos quer dizer que devamos ir até determinado lugar, o que poderíamos fazer se o esforço valesse a pena; "lá", para ele, significa um além fabuloso, um sítio que desconhecemos e que ele próprio não pode indicar mais precisamente, estando por isso mesmo impossibilitado de nos dar a mínima ajuda.

Todas as parábolas, no fundo, servem apenas para confirmar que o incompreensível é de fato incompreensível, coisa que já sabíamos desde sempre. Mas as preocupações com que diariamente nos defrontamos constituem algo bem diferente.

A propósito disso, um homem certa vez disse: "Por que tanta relutância? Se vos dispusésseis a seguir as parábolas, vós mesmos vos transformaríeis nelas e, com isso, resolveríeis todos os vossos problemas cotidianos."

Um circunstante ouviu-o dizer tal coisa e logo acrescentou: "Aposto que isso também é uma parábola."

O primeiro respondeu-lhe: "Pois já ganhou a aposta."

O segundo prosseguiu: "Mas, infelizmente, apenas em parábola."

O primeiro corrigiu: "Não, na realidade! Se fosse em parábola, tê-la-ia perdido."

UM MÉDICO DE ALDEIA

EU ME ENCONTRAVA NUMA situação embaraçosa: tinha que fazer uma viagem às pressas, pois um paciente, em estado gravíssimo, esperava por mim numa aldeia distante dezesseis quilômetros de onde eu morava. Nevascas intensas bloqueavam a estrada, mas minha carruagem, com suas rodas altas, era perfeitamente adequada para enfrentá-la, mesmo naquelas condições. Agasalhado por meu casaco de pele, valise na mão, estava no pátio, pronto para partir. O problema, no entanto, era que eu não dispunha de um cavalo. De nenhum cavalo. O que eu possuía tinha morrido na noite anterior. Chegara a seu fim, de exaustão, de tanto trabalho naquele inverno gelado.

Minha empregada doméstica, cumprindo as ordens que lhe dera, estava desesperadamente buscando alguém que me pudesse emprestar um animal. Mas em vão, bem o sabia eu. Coberto de neve, fiquei aguardando por algum tempo até ela aparecer no portão, sozinha, sacudindo a lanterna para um lado e para o outro, demonstrando seu fracasso. De fato, como imaginar que alguém fosse louco o bastante para me ceder seu cavalo naquelas condições?

Atravessei irritado o pátio, uma vez mais. Já não me restava esperança alguma. Inconscientemente, chutei a porta semidesmantelada do chiqueiro, que havia anos não era mais usado para esse fim. Ela ficou oscilando sobre suas dobradiças. Senti um cheiro quente de cavalos. Um lampião balançava, pendurado de uma corda, iluminando fracamente o local. Um homem que ali se encontrava, agachado numa das baias mais adiante, ergueu a cabeça, encarou-me com seu rosto franco, de olhos azuis, e me perguntou, arrastando-se de quatro até perto de mim:

— O senhor quer que eu atrele os cavalos?

Fiquei perplexo, sem saber o que lhe responder.

Tudo o que fiz foi examinar atentamente a baia, procurando ver se havia algum animal dentro dela. Minha empregada acercou-se de mim, ficando a meu lado.

— Ninguém sabe quanta coisa escondida pode haver em sua própria casa! — disse-me ela, e ambos rimos.

— Upa, irmão! Upa, irmã! — exclamou o cocheiro, e dois cavalões enormes, com suas largas ancas e baixando a cabeça como os camelos fazem, ergueram-se do chão e ocuparam todo o espaço junto à porta. Firmaram-se nas quatro patas, fumegantes pelo calor de seu corpo.

— Dê ajuda ao homem — disse eu à minha empregada.

Ela, contente por ser útil, correu até ele a fim de passar-lhe os arreios dos animais, para que ele pudesse atrelá-los à carruagem. Bastou-lhe chegar perto, no entanto, para que o tipo a agarrasse e encostasse seu rosto no dela. Ela soltou um grito de espanto, desvencilhou-se e retornou logo até onde eu me encontrava. Marcas dos dentes do homem brilhavam, vermelhas, numa das faces da pobre moça.

— Seu ordinário! — exclamei em fúria. — Você bem merece umas chicotadas pelo que acaba de fazer!

Logo me ocorreu, no entanto, que aquele tipo me era totalmente desconhecido, que eu não tinha a menor ideia de onde pudesse ter vindo e, ainda, que ali estava a me oferecer voluntariamente sua ajuda, quando todos se haviam recusado a prestá-la.

Como se pudesse ler meus pensamentos, não demonstrou ter ficado ofendido com minha ameaça. Concentrou-se no preparo dos animais, virou-se depois para mim e me disse, em tom incisivo:

— Entre na carruagem.

Verificando de relance que tudo estava efetivamente em ordem, e pensando com meus botões que jamais havia conduzido tão bela parelha de cavalos, subi alegremente no veículo.

— Eu mesmo conduzirei, pois você não conhece o caminho — disse-lhe eu.

— Está certo — respondeu-me ele. — Eu nem estava pensando nisso, pois prefiro ficar aqui, com a Rosa.

— Nada disso! — gritou minha empregada, fugindo em seguida para dentro da casa, visivelmente temerosa do que lhe poderia ocorrer se permanecesse ao alcance do tal homem.

Ouço em seguida o barulho de correntes, quando ela trancou a porta, e vejo-a correndo de cômodo a cômodo e apagar as luzes, como que num esforço para se tornar invisível.

— É melhor você vir comigo — digo ao cavalariço —, ou desisto da viagem, por mais urgente que ela seja. Não tenho a menor intenção de entregar-lhe essa moça como pagamento do auxílio que me prestou.

— Upa, upa! — é só o que ele responde.

Bate as mãos com força e sinto que a carruagem avança de estalo, arrebatada como um pedaço de madeira numa correnteza. Ouço ainda a porta de minha casa estalar e rebentar com os golpes violentos que o homem lhe aplicava, mas logo em seguida meus olhos e ouvidos são dominados por um zumbido estranho que me acaba invadindo todos os demais sentidos. Mas por breves instantes apenas, pois eis-me chegando à casa de meu paciente, como se ela estivesse ao lado da minha.

Os cavalos se imobilizam, a neve deixa de cair, o luar banha tudo, os pais do doente, seguidos pela irmã dele, precipitam-se em minha direção e praticamente me arrancam da carruagem. Não consigo entender o que me dizem em tom nervoso.

De pronto me vejo num quarto fechado, onde o ar é quase irrespirável. Do forno momentaneamente descuidado saem rolos de fumaça. É imperioso escancarar as janelas, mas antes preciso examinar o doente. O rapaz, que está sem camisa de dormir e não tem febre, ergue-se no colchão de penas. Abatido, nem quente nem frio, os olhos opacos, pendura-se no meu pescoço e sussurra:

— Doutor, deixe-me morrer.

Olho ao redor e constato que ninguém o ouviu. A um canto, cabisbaixos, os pais esperam pelo diagnóstico. A irmã trouxe uma cadeira para a minha maleta. Abro-a e remexo os instrumentos; o rapaz continua de mãos estendidas para mim, como para lembrar-me de seu apelo. Apanho uma pinça, examino-a à luz da vela e torno a guardá-la.

Ora, ora, digo revoltado a mim mesmo, *em ocasiões como estas os deuses parecem querer ajudar-nos! Providenciam o cavalo que faltava, arranjam-nos outro para aumentar a velocidade e ainda nos dão um cocheiro de brinde!...*

Só então me lembro de Rosa. Que fazer? Como poderei salvá-la, a dezesseis quilômetros de distância, do peso daquele brutamontes, se nem consigo dominar os cavalos que puxam meu carro? As janelas foram abertas pelo lado de fora; os cavalos, sei lá como, libertaram-se dos arreios e põem a cabeça para dentro, contemplando o doente e indiferentes às lamúrias da família. *Devo regressar imediatamen-*

te, penso, como se os animais me estivessem convidando a encetar a viagem de volta.

Apesar disso, permito que a irmã do paciente, supondo-me abrasado pelo calor, me ajude a tirar o sobretudo de pele. Um copo de rum é posto à minha frente, o velho bate-me afetuosamente no ombro, pois a partilha de seu tesouro justifica, segundo ele, tal familiaridade. Sacudo a cabeça, com a impressão de que ficaria asfixiado nos estreitos limites de seus pensamentos. É exatamente por isso que recuso a bebida.

A mãe, que se mantivera ao pé da cama, faz-me um aceno. Dirijo-me até ela e, enquanto um dos cavalos relincha estrondosamente, encosto a cabeça ao peito do rapaz. Sinto que ele se arrepia ao contato com minha barba úmida. Confirma-se o que eu já sabia: ele não tem nada de grave, talvez esteja um pouco anêmico e sua mãe deve tê-lo feito beber café em demasia. Em suma: ele me parece estar bem, e o melhor que se deveria fazer seria forçá-lo a abandonar o leito com um safanão. Mas não me vejo um reformador social e acabo deixando que ele fique onde está. Sou funcionário distrital e me empenho a fundo no cumprimento de meus deveres, algumas vezes até mais do que seria necessário. Mal remunerado, estendo minha generosidade aos pobres e sempre me disponho a auxiliá-los. Mas agora devo preocupar-me com Rosa e, ao fim de contas, o rapaz talvez tenha razão: ele quer morrer, e todos nós morremos um dia. O que tenho eu de fazer aqui, neste inverno sem-

-fim? Meu cavalo já morreu e não houve na aldeia quem quer que fosse que se dispusesse a emprestar-me o seu. Tive de arranjar-me com estes dois que se achavam no chiqueiro, e, se não tivessem aparecido, só me despacharia se arreasse leitoas... É essa a pura verdade... Faço com a cabeça um aceno à família. Eles não têm a menor ideia do que estou pensando e, se tivessem, não acreditariam. Escrever receitas é tarefa bastante fácil, mas entender-se com as pessoas é coisa muito difícil.

Bem, concluo mentalmente, *minha visita médica termina aqui e uma vez mais fui incomodado sem motivo*. Devia estar acostumado a isso, pois rara é a noite em que a sineta da porta de minha casa não é tocada por habitantes de todo o distrito. Mas ter tido que abrir mão de Rosa, no entanto, dessa bela rapariga que há tantos anos vive em minha casa, praticamente despercebida por mim, foi um sacrifício excessivo. Tenho de conter-me, com pensamentos tranquilizantes, para não dizer poucas e boas a essa família que, mesmo com a melhor das boas vontades, não poderá me trazer Rosa de volta.

Ao fechar minha maleta e fazer menção de apanhar o sobretudo, noto que todos se mantêm em expectativa. O pai, fungando sobre o copo de rum que ainda tem nas mãos; a mãe, debulhada em lágrimas e mordendo os lábios — afinal, o que quer essa gente? —; a irmã, agitando uma toalha manchada de sangue... Vendo-os tão aflitos, sou forçado a admitir que o rapaz talvez esteja mesmo muito doente. Volto para perto dele, que sorri para mim como se eu estivesse lhe trazendo a mais revigorante das sopas. Os cavalos começam a relinchar de novo, e talvez esse barulho tenha sido determinado em alguma esfera superior, a fim de tornar mais fácil o exame. Noto, então, que o rapaz está mesmo doente. Tem uma ferida do tamanho de um pires aberta no lado direito de sua ilharga. Debruada de vermelho em vários matizes, mais escuro ao fundo e mais claro às bordas, apresentando coágulos de sangue irregularmente dispostos, ela me lembra, a esta distância, a entrada de uma mina. E é exatamente isso o que me lembra. Examinada mais de perto, no entanto, o quadro é inquietante. Quem poderá fazê-lo sem deixar escapar um assobio? Pois larvas do tamanho e da espessura de meu dedo mínimo, de cor rosada e banhadas de sangue, agarram-se às paredes mais profundas da ferida e agitam sua cabecinha e as numerosas pernas num esforço desesperado para chegarem à luz do dia.

Pobre rapaz, lamento-me no íntimo, *estás mesmo perdido! Agora que descobri teu grande ferimento, esta flor vermelha no teu flanco, sei que ele liquidará contigo.*

Vendo-me entretido no exame, a família parece reconfortada. A irmã fala com a mãe, esta com o marido, e ele, por sua vez, com algumas visitas que, na ponta dos pés e equilibrando-se com os braços abertos, haviam pouco a pouco atravessado a porta do quarto.

— O doutor irá salvar-me? — sussurra o rapaz, soluçante e atônito com toda aquela fauna que pulula em seu ferimento.

É mais uma demonstração do modo de ser dos habitantes de meu distrito: eles sempre exigem dos médicos o impossível! Parece que perderam a antiga fé. O padre fica em casa, desfazendo em farrapos um a um dos seus paramentos, mas das mãos habilidosas dos cirurgiões deve-se esperar tudo...

Pois bem! Seja como quiserem, pois no fim de contas não fui eu que lhes ofereci meus serviços. Se querem servir-se de mim para algum propósito sagrado, permitirei que o façam. Que mais poderia eu querer, velho médico de aldeia de quem roubaram a empregada?

Mas eis que chegam a família do doente e os velhos do povoado e começam a despir-me. Do lado de fora da casa, um coral modesto, regido pelo mestre-escola, entoa uma melodia muito simples, com os seguintes versos:

Dispam-no, pois assim ele curará!
Se não curar, matem-no,
Pois ele não passa de um médico,
Pois ele não passa de um médico!

Despido, fico tranquilamente olhando as pessoas, cabisbaixo, cofiando a barba. Mantenho total compostura e me sinto superior a todos eles, embora isso de nada me sirva, pois sem a menor cerimônia me agarram pelos pés e pelos ombros e me conduzem até a cama do enfermo. Sou colocado entre ele e a parede, exatamente do lado da ferida. Depois saem todos do quarto, fecham a porta e param de cantar. Nuvens se erguem no horizonte e acabam por ocultar a lua. As cobertas da cama me envolvem e me aquecem. A cabeça dos cavalos oscilam como sombras na moldura das janelas.

— Sabe duma coisa? — ouço uma voz ciciando nos meus ouvidos. — Não tenho muita confiança no senhor. Algo o trouxe até aqui, mas o fato é que não veio por sua própria vontade. Em vez de ajudar-me, está tornando mais estreito o meu leito de agonia. Se pudesse, eu bem que lhe arrancaria os olhos!

— Tens razão — respondi. — É um caso muito triste. Mas o que é que posso fazer, se sou apenas um médico? Acredite, não é nada fácil para mim também.

— Pensa que essa desculpa irá me consolar? Mas o que me resta, a não ser isso? Vejo-me no mundo com esta bela ferida, e isso é tudo o que dele carregarei comigo...

— Meu jovem amigo — disse-lhe eu —, o teu problema é não teres visão larga das coisas. Eu, que já visitei toda espécie de quartos de doentes, posso dizer-te que tua doença, ao fim de contas, não é tão grave assim como imaginas. Foram só dois golpes de machado, aplicados em ângulo agudo. Muitas pessoas são apanhadas de lado e sequer ouvem o machado na floresta, nem mesmo quando ele está a ponto de atingi-las.

— Será verdade o que o senhor me diz, ou estará apenas querendo enganar-me, no meu delírio?

— É a pura verdade. Aceita a palavra de honra de um médico contratado pelo Estado e leva-a contigo.

Ele pareceu aceitá-la, pois calou-se de vez. Eu tinha, agora, que pensar em como sair logo dali. Os fiéis cavalos continuavam à espera. Com a maior rapidez apanhei minha roupa, o casaco de pele e a valise. Não quis perder tempo vestindo-me; se os cavalos fossem tão rápidos na volta como na vinda, eu, por assim dizer, saltaria diretamente daquela cama para a minha.

Um dos animais, com muita obediência, afastou-se da janela; atirei a trouxa com minhas coisas para dentro do carro. O casaco de peles não alcançou o alvo, pois apenas uma das mangas ficou segura, talvez presa em alguma aresta. Ainda bem... Tomei impulso, saltei e caí montado na sela. Os cavalos não estavam bem presos um ao outro, e os tirantes frouxos iam deixando o carro para trás, meu casaco sendo arrastado por sobre a neve.

— Depressa! — ordenei eu, mas depressa é que não estávamos andando.

Lentamente, como velhos, seguíamos por aqueles ermos gelados, acompanhados por um novo e perturbador canto infantil:

Alegrai-vos, ó doentes,
o médico já foi deitado em vossa cama!

Jamais chegarei à minha casa desta maneira, pensei. *Já perdi minha crescente clientela, pois um impostor deve tê-la roubado de mim (embora isso lhe seja inútil, pois jamais poderá substituir-me); em meu próprio lar, o desprezível cavalariço descarrega sua violência, e a pobre Rosa é sua vítima. Ah, prefiro nem pensar sobre isso!*

Velho e nu, exposto aos infortúnios deste desafortunado mundo, vejo-me andando a esmo num carro indiscutivelmente real, puxado por cavalos indiscutivelmente sobrenaturais. Meu casaco de pele continua pendurado na parte traseira da carruagem, não tenho meios de alcançá-lo e nenhum dos canalhas de meus antigos pacientes levantará um só dedo para ajudar-me. Fui traído, traído! Maldita a hora em que atendi ao inoportuno toque da sineta de minha casa... Agora, nada mais será como antes...

CHACAIS E ÁRABES

HAVÍAMOS ACAMPADO NO OÁSIS. Meus companheiros tinham adormecido. Um árabe, alto e branco, passou por mim. Estivera cuidando dos camelos e se dirigia agora à sua tenda.

Estirei-me na grama, querendo dormir também, mas não consegui: ouvi ao longe o uivo de um chacal. Tornei a me sentar e constatei que aquele animal distante chegara-se ao pé de mim de um momento para outro. Chacais me rodearam, olhos brilhantes de início, e logo a seguir num tom opaco de dourado. Seu corpo esguio movia-se célere, como se um chicote lhes determinasse a ordem e a velocidade.

Um deles, vindo por detrás de mim, enfiou-se sob meu braço, aconchegou-se a meu corpo como se estivesse buscando meu calor e então encarou-me, olhos nos olhos, e disse:

— Eu sou o mais velho de todos os chacais e me alegro de ainda lhe poder dar nossas boas-vindas. Eu já estava abandonando as esperanças deste encontro, tantos anos esperamos em vão... Minha mãe também esperou, antes de mim, assim como a mãe dela, assim como todas as outras mães desde a primeira mãe de todos os chacais. Acredite-me!

— Estou muito surpreso — respondi-lhe, esquecendo-me até de botar fogo na pilha de gravetos que estava à minha frente, exatamente a que eu preparara para manter a distância todos eles. — Estou muito surpreso com o que me diz — repeti —, pois cheguei até aqui por mero acaso, vindo de um lugar no extremo norte. Estou fazendo uma rápida viagem. Mas, afinal, o que é que vocês, chacais, desejam de mim?

Como que encorajados por essas palavras talvez excessivamente amistosas, chegaram-se todos até muito perto de mim, permitindo-me ouvir sua respiração ofegante.

— Sabemos que veio do norte — começou o mais velho deles —, e é exatamente disso que nossa esperança se alimenta. No norte, vocês têm a inteligência que é impossível encontrar aqui, entre os árabes. Não conseguimos arrancar sequer uma centelha de inteligência da fria arrogância com que nos tratam, você sabe. Eles matam os animais a fim de comê-los e têm o maior desprezo pelas carcaças.

— Não fale tão alto assim — interrompi-o. — Há muitos árabes adormecidos em torno de nós.

— Nota-se logo que você é mesmo estrangeiro por estas bandas, pois, se não o fosse, saberia que em toda a história do mundo nunca houve um só chacal que tivesse medo de um árabe. Deveríamos tê-lo? Será que já não somos bastante infelizes pela má sorte de viver entre eles?

— Pode ser, pode ser... — concordei eu — mas não me considero capaz de opinar objetivamente sobre um assunto tão afastado de mim quanto esse. Tenho a impressão de que há uma rivalidade antiga entre vocês. O sangue de vocês não combina, e questões desse tipo geralmente terminam em sangue derramado.

— Você é muito vivo — cumprimentou-me o velho chacal, e notei que a respiração de todos eles tornou-se ainda mais rápida, embora permanecessem imóveis, como se tivessem foles no lugar de pulmões. Um odor azedo, que eu mal podia suportar com os dentes cerrados, emanava das bocas entreabertas. — Você é muito vivo — repetiu ele. — Esse comentário coincide integralmente com nossas mais antigas tradições. Bastará que derramemos o sangue dos árabes para encerrar de vez nossa velha pendência.

— Atenção! — retruquei com maior veemência do que pretendia. — Eles saberão defender-se e irão liquidar montes de chacais com seus rifles.

— Vejo que você não me compreende bem — respondeu ele —, o que é mais uma demonstração dessas características humanas que não desaparecem até mesmo no extremo norte. E claro que não pretendemos matá-los, pois o Nilo não teria água suficiente para lavar-nos depois disso. O simples fato de os vermos vivos já nos causa engulhos, leva-nos a correr em busca de ar puro, do deserto, que é onde moramos precisamente por isso.

Todos os chacais que se haviam reunido em torno de mim, acrescidos de muitos outros que chegaram depois, colocaram então a cabeça entre as patas dianteiras e começaram a esfregá-la com vigor. Parecia que desejavam afastar de si uma espécie de nojo, tão terrível que nada me agradaria mais do que me erguer de estalo, romper aquele círculo e fugir em disparada.

— Mas o que é, então, que pretendem fazer? — perguntei eu tentando levantar-me, o que não consegui porque dois jovens chacais, postados às minhas costas, haviam ferrado os dentes no meu paletó e na minha camisa, forçando-me a permanecer sentado.

— Os companheiros o seguram pela roupa — explicou-me gravemente o velho chacal — para demonstrar o respeito que lhe dedicam.

— Soltem-me! — gritei eu, olhando alternadamente para ele e para os jovens chacais que me prendiam.

— Eles o farão, eles o farão — disse-me ele. — Mas isso levará algum tempo, pois a tradição exige que ferrem os dentes com toda a força e, portanto, só gradualmente é que conseguirão abrir de novo as mandíbulas. Enquanto espera, ouça o que lhe queremos perguntar.

— O mau comportamento de vocês não me torna suscetível — respondi com azedume.

— Não nos puna pela nossa falta de jeito — disse ele valendo-se pela primeira vez do tom naturalmente lamuriante de sua voz —, não passamos de pobres animais e nada mais temos além dos nossos dentes. Tudo o que fazemos, de bom ou de mau, depende deles.

— Está bem — disse eu ligeiramente aplacado —, o que querem vocês, afinal?

— Mestre — gritou ele, acompanhado por um coro de uivos que, vindo dos lugares mais distantes, chegou a lembrar-me uma canção. — Mestre, caber-lhe-á pôr fim ao conflito que divide o mundo, pois sua imagem corresponde exatamente à descrição que nossos antepassados nos deram do homem que um dia faria isso. Os árabes devem entrar em paz conosco: devem ser totalmente escorraçados do nosso horizonte, para que jamais ouçamos de novo os berros dos cordeiros que eles costumam apunhalar. Todas as criaturas devem morrer em paz, para que possamos sugar seu sangue com tranquilidade e deixar limpos os seus ossos. Nada mais queremos do que limpeza, *limpeza!* — e todos se puseram a chorar e soluçar ao ouvir isso. — Como é, mestre, que pode suportar este mundo, tendo nobre coração e doces entranhas? O branco que eles vestem é sujo, e seu preto também é sujo; suas barbas são asquerosas; precisamos cuspir quando vemos os cantos de seus olhos; quando erguem os braços, há sempre um inferno cuja boca se abre em seus sovacos. Torna-se necessário, portanto, mestre, querido mestre, que suas mãos que fazem tudo, *que podem fazer de tudo*, cortem logo os pescoços com esta tesoura — obedecendo a um aceno de sua cabeça, um dos chacais avançou até mim, trazendo suspenso num de seus caninos uma tesourinha bastante enferrujada.

— Bem, agora se apresentam armados de tesoura, e isso é a gota de água! — exclamou o árabe que chefiava a nossa caravana e chegara despercebido até onde estávamos, andando pé ante pé a contravento, trazendo nas mãos seu longo chicote.

Os chacais dispersaram-se imediatamente, mas imobilizaram-se a distância num grupo tão compacto que todos eles pareciam formar uma estreita barreira em torno da qual fogos-fátuos estivessem dançando.

— Então o senhor também viu e ouviu este espetáculo, não é, patrão? — disse-me o árabe, rindo-se tão alegremente quanto lhe permitia a natural reticência de sua raça.

— Então você já sabe o que estes animais querem? — perguntei eu.

— Claro que sim, patrão, todo mundo sabe. Enquanto houver árabes, essa tesourinha passeará com eles pelo deserto, até o fim dos tempos. Ela é oferecida a cada europeu que apareça por aqui, para a realização da grande tarefa. Sempre acham que cada novo forasteiro seja o predestinado que esperam. Têm ilusões perdidas, esses pobres animais. São uns idiotas! Uns verdadeiros idiotas. E nós os amamos exatamente por isso. São como que nossos cães, mais bonitos do que os seus. Mas ouça: um dos camelos morreu durante a noite e mandei que o trouxessem para cá.

Quatro carregadores chegaram daí a instantes e lançaram ao chão, diante de nós, a pesada carcaça. Mal fizeram isso, e os chacais iniciaram intenso alarido. Hesitantes, como se cordas invisíveis os estivessem puxando, foram-se chegando até nós, a barriga arrastando-se por terra. Haviam se esquecido dos árabes, haviam se esquecido de seu ódio por eles, pois a fétida carcaça obliterara tudo o mais, deixando-os como que magnetizados. Um deles se agarrou ao pescoço do camelo, ferrando seus dentes na jugular logo à primeira mordida, e cada músculo de seu corpo se retesava e tremia, como se o animal se tivesse transformado numa pequena bomba-d'água, em esforços tão desesperados quanto inúteis para apagar um incêndio devastador. Alguns instantes depois, todos eles, em pilhas altas como colinas, estavam agarrados à carcaça, unidos pelo mesmo propósito.

Com vigorosas lambadas de seu chicote, o árabe-chefe começou a fustigá-los a torto e a direito. Quase desmaiados em sua volúpia carnívora, os chacais ergueram a cabeça e viram o árabe em pé à sua frente, e muitos sentiram o açoite no focinho. Pularam para trás e recuaram a distância mais prudente. Mas o sangue do camelo já havia formado poças fumegantes, e em vários lugares o corpo do animal estava estraçalhado. Era irresistível para os chacais, e eles voltaram à carga. Uma vez mais o árabe-chefe ergueu seu chicote, mas agarrei-lhe o braço.

— O senhor está certo, patrão. É melhor deixá-los cumprir sua tarefa. Além disso, está na hora de partirmos. O senhor teve oportunidade de vê-los de perto. Magníficos animais, não lhe pareceu? Pena que nos odeiem!

PREOCUPAÇÕES DE UM
HOMEM DE FAMÍLIA

HÁ QUEM DIGA QUE a palavra Odradek tem origem eslava e, partindo de tal suposição, tente teorizar sobre sua evolução. Outros afirmam que ela deriva de fontes germânicas, tendo apenas influências eslavas. A imprecisão de tais conceitos permite-nos admitir que nenhum deles seja conclusivo, sobretudo porque não chegam sequer a explicar o que ela signifique.

Naturalmente, ninguém perderia tempo com tal questão se não houvesse de fato uma criatura chamada Odradek. À primeira vista lembra-nos um carretel chato, anguloso como uma estrela, parecendo até que um fio esteja efetivamente enrolado nele. Mas, reparando-se bem, vê-se que tal fio não é contínuo, antes sendo como que uma sequência de segmentos de variados tipos e cores, cheios de nós e formando uma espécie de trama. Por outro lado, o carretel também não seria meramente isso: um pequeno eixo de madeira projeta-se a partir do centro da estrela, e a ele se junta um outro, formando ângulos retos. Com o auxílio dessa última pecinha de madeira, de um lado, e uma das radiações da estrela, do outro, toda a estrutura pode manter-se em pé, como se tivesse duas pernas.

Fica-se inclinado a acreditar que essa criatura foi concebida com algum propósito específico, e que, na realidade, hoje dela não tenhamos mais do que um fragmento. Mas, a rigor, nada de concreto nos permite afirmar tal coisa. Não há juntas nem rachaduras que possam dar margem a semelhante conclusão. Em verdade, se a considerarmos como um todo, ela parece não ter o menor sentido, embora de certa maneira apresente surpreendente inteireza. Nada de mais definido se poderá dizer sobre ela, já que Odradek é extremamente móvel e não pode ser apanhada com facilidade. Ora está no sótão, ora na escada, ora nos corredores, ou no vestíbulo. Às vezes desaparece por completo durante meses a fio, sendo possível que tenha ido em busca de outras casas. Mas o certo é que, invariavelmente, retorna à nossa. Há ocasiões em que, ao sairmos, vemo-la reclinada ao pé do balaústre, como que nos estimulando a falar com ela. Está claro que não lhe fazemos perguntas complexas. Enganados pela sua pequenez, tendemos a tratá-la como a uma criança. "Como é que você se chama?", perguntamos-lhe. "Odradek", responde ela. "E onde é que você mora?" "Por aí... não tenho pouso fixo", diz ela e solta uma gargalhada. Uma gargalhada que só pode ser dada por quem não tenha pulmões. Seu som se compara ao farfalhar de folhas caídas. Mas não é sempre que se consegue extrair dela alguma resposta. Na maioria das vezes se mantém em silêncio por longo tempo, como era mesmo de se esperar do pedaço de madeira que aparenta ser.

    Em vão me pergunto o que irá acontecer com ela. Será que irá morrer algum dia? Tudo que morre tem alguma espécie de propósito na existência, exerce algum tipo de atividade em que se consome, tornando-se pó. E isso não se aplica a Odradek... Será que, algum dia, arrastando um pedaço de fio, ela rolará escada abaixo até os pés de meus filhos ou dos filhos de meus filhos? É óbvio que ela não deseja fazer mal a quem quer que seja, mas a ideia de que talvez sobreviva a mim é quase dolorosa.

O NOVO CAUSÍDICO

EIS QUE TEMOS UM novo causídico, o dr. Bucéfalo. Pouco há em sua aparência que nos leve a recordar os tempos em que ele ainda era o cavalo de batalha de Alexandre da Macedônia. No entanto, qualquer pessoa bem informada estaria a par de muitas coisas a respeito dele. Ainda recentemente, por exemplo, vi um inexpressivo meirinho — com os olhos espertos que os joões-ninguém costumam ter — acompanhar com espanto os movimentos de nosso causídico quando ele subiu um a um os degraus do Tribunal de Justiça, erguendo bem alto as coxas e fazendo ressoar no mármore cada passo que dava.

De um modo geral, a Corte aprova a investidura do dr. Bucéfalo. Com surpreendente perspicácia, dizem-se a si próprios os seus membros que o dr. Bucéfalo está numa posição bastante difícil diante do ordenamento atual da sociedade, mas merece todo apreço precisamente por isso, bem como pela sua importância histórica. Nos dias que correm — ninguém poderá negar — já não temos mais conosco uma personalidade como Alexandre, o Grande. No entanto, não são poucos os que sabem matar; da mesma forma não falta eficiência sempre que se quer atingir com a lança um amigo no outro lado da mesa de jogo. Muitos acham que a Macedônia é demasiado pequena, e amaldiçoam Felipe — o pai —, mas são totalmente incapazes de liderar o avanço sobre a Índia. Ao tempo dele, no entanto, as portas da Índia já eram inacessíveis, mas, pelo menos, a espada real sempre apontava a direção correta. Hoje, como se sabe, essas portas foram removidas para outro lugar, para um sítio muito mais longe, muito mais alto. Já não temos quem nos indique a rota; muitos brandem suas espadas, mas as utilizam apenas para floreios inúteis e, consequentemente, os olhares que os acompanham tornam-se perdidos e confusos.

Talvez seja de fato melhor, por isso mesmo, que todos mergulhemos nos livros jurídicos, tal como fez Bucéfalo. Livre de todas as peias, suas coxas também libertadas das coxas de seu ginete, ele se volta e lê — à luz suave do lampião, e distante dos fragores da batalha de Issus — as páginas de nossos mais vetustos códigos.

COMUNICAÇÃO A UMA ACADEMIA

EXCELENTÍSSIMOS SENHORES:

Destes-me a honra de solicitar-me que apresentasse a esta Academia um relatório sobre minha vida anterior, quando macaco.

Infelizmente, creio que não poderei atender de modo adequado a vosso convite no que toca a esse particular, pois quase cinco anos me separam do tempo em que fui macaco, um período que parece muito breve em termos de calendário, mas é infinitamente longo para quem, como eu, nele mergulhou de peito aberto, acompanhado às vezes por admiráveis seres humanos, conselhos, aplausos e música orquestral, mas basicamente sozinho, já que o acompanhamento, para continuar no espetáculo, mantinha adequada distância da linha divisória. Os feitos que realizei teriam sido impossíveis se eu tivesse querido manter-me obstinadamente ligado às minhas origens, às recordações de minha juventude. A bem da verdade, impus-me como regra fundamental a renúncia a qualquer tipo de obstinação: eu, macaco livre, submeti-me voluntariamente a tal norma. Em decorrência disso, minhas lembranças foram-se mais e mais afastando de mim.

Bem no início, caso os homens o houvessem desejado, eu talvez ainda pudesse ter retornado pelo largo portal celeste que se abre para a Terra, mas meu acelerado avanço foi progressivamente rebaixando e estreitando esse caminho. Sentia-me melhor e mais seguro no mundo dos homens: a tempestade que me perseguia, vinda do meu passado, já se acalmara. Hoje, não passa de uma brisa a soprar-me suavemente os calcanhares... A abertura distante pela qual penetra, e pela qual eu mesmo passei um dia, tornou-se tão estreita que, ainda que me restassem energia e força de vontade para voltar até ela, decerto me esfolaria todo se quisesse atravessá-la. Falando francamente, meus senhores, ainda que mais me agradasse usar de linguagem metafórica a respeito de tais assuntos, vossa condição simiesca — se é que a conhecestes algum dia — não está mais distante de vós do que eu estou da minha. Na realidade, ela mordisca os calcanhares de todos os que pervagam por este mundo, tanto dos pequenos chimpanzés quanto do grande Aquiles.

Especificamente, porém, creio que talvez possa responder a vossas indagações, e o farei com a maior satisfação. A primeira coisa que aprendi foi o ato de apertar mãos. Apertar mãos denota a presença de um coração aberto. Permitam-se acrescentar a esse gesto, aqui e agora, quando me sinto no apogeu de minha carreira, a mais ampla franqueza verbal. Está claro que isso nada de novo revelará a Vossas Excelências, e seguramente ficarei aquém do que esperais de mim, pois, embora animado das melhores intenções, não vos poderei dar algo de substancial. Em linhas gerais, porém, talvez venha a servir-vos como orientação a respeito do modo pelo qual um ex-macaco adentrou o mundo dos homens e nele se pôde fixar. Se não estivesse tão seguro de mim mesmo, se minha posição não tivesse tão firmemente se consolidado em todos os grandes palcos de variedades do mundo civilizado, por certo que não me sentiria à vontade para relatar-vos até mesmo as trivialidades que se seguirão.

Sou originário da Costa do Ouro. Sobre minha captura, disponho apenas do testemunho de terceiros: uma expedição de caça promovida pela Companhia Hagenbeck — com cujo líder, a propósito, cheguei mais tarde a esvaziar incontáveis garrafas de excelente clarete — postara-se certa noite de emboscada, às margens de um rio. Quando me aproximei da água na companhia de um bando, para matar a sede, vários tiros foram disparados e fui o único a ser atingido. Duas balas me derrubaram.

Uma delas me atingiu o rosto sem gravidade maior, mas deixaria para sempre a extensa cicatriz rubra que deu margem ao repulsivo e desproposital apelido que carrego, de *Pedro, o Vermelho*, sem dúvida concebido por algum macaco para distinguir-me, como se fosse a única diferença do outro Pedro, um macaco bem treinado, recentemente falecido, que chegou a ser bem conhecido em vários lugares. Digo isso de passagem.

A outra bala, no entanto, atingiu-me abaixo da cintura. Foi um ferimento bastante sério, responsável até hoje pelo fato de que eu manque ligeiramente quando ando. Ainda há dias li um artigo — mais uma das baboseiras com que a todo instante se ocupam de mim na imprensa — afirmando que minha natureza simiesca não está de todo superada, pois volta e meia tenho o hábito de baixar as calças para mostrar às visitas o local de entrada da bala. Que jornalista idiota! Ele bem merecia que todos os dedos de sua mão direita fossem cortados à bala, um a um! É evidente que posso baixar minhas calças diante de quem eu quiser. Além do que, nada mais se verá além de pelos sedosos e da cicatriz causada pela — permiti-me utilizar aqui uma palavra deliberadamente escolhida, cujo sentido não deve ser ambíguo — *caprichosa* bala. Nada tenho a ocultar, tudo está aberto a exame. Quando se trata da verdade, as pessoas de espírito elevado não devem fazer questão de protocolo. Por outro lado, se o borra-botas em questão baixasse suas próprias calças sempre que recebesse visitas, a situação seria completamente distinta da minha, mas, faço-lhe justiça, estou convencido de que ele não tem o hábito de assim proceder. Pois então, que ele e sua aguda sensibilidade me esqueçam!

Algum tempo depois do tiroteio pude voltar a mim — é aqui que verdadeiramente começam minhas recordações — e me vi preso numa jaula colocada na terceira classe do navio da Hagenbeck. Bem, não era uma jaula convencional, com grades de ferro à sua volta, mas uma espécie com apenas três dos seus lados cercados e o último abrindo-se para um caixote. Era tudo muito baixo para que eu me pusesse de pé e muito estreito para que me acomodasse sentado. Agachei-me então, dobrando os joelhos permanentemente trêmulos, e, talvez porque não desejasse ver ninguém a princípio, preferindo permanecer no escuro, fiquei com o rosto voltado para o tal caixote, sentindo que as barras ao fundo lanhavam a carne de minhas costas. Esse método de enjaular animais selvagens recém-capturados é ainda hoje considerado muito eficiente, e sou obrigado a reconhecer que, do ponto de vista dos seres humanos, ele efetivamente o é.

Naquela ocasião, contudo, nem me preocupei com a questão. Pela primeira vez em minha vida me via num beco sem saída. Tudo o que se abria diante de mim era o oco do caixote, tábua contra tábua. Havia, é verdade, umas pequenas aberturas entre elas, que, quando as percebi, foram saudadas com uivos de prazer, mas logo vi que essas fendas nem davam para que eu passasse o rabo por elas nem poderiam ser alargadas com a força de que um macaco dispunha.

Segundo me contaram depois, eu fazia pouquíssimo barulho, o que deu a impressão de que morreria logo, ou, caso sobrevivesse àquele período crítico, seria bem adaptável à domesticação. Pois sobrevivi. Sufocava meus soluços, catava pulgas até me doer o couro, lambia desanimadamente um coco, batia com a cabeça nas tábuas do caixote, mostrava a língua quando alguém se aproximava — isso era tudo o que eu fazia nesses primeiros tempos de minha nova vida. O pior era a sensação que me dominava: não havia meio de escapar dali. Está claro que as sensações que experimentei como macaco e que agora retrato em termos humanos são por isso mesmo distorcidas. Mas, embora eu já não consiga mais reproduzir a antiga verdade simiesca, minha descrição é a mais próxima dela, não haja dúvida quanto a isso.

Eu me dava conta de que, anteriormente, sempre tivera várias opções diante de mim. Agora, nenhuma restava: via-me literalmente num beco sem saída. Se me tivessem pregado a uma tábua, minha liberdade de movimento não estaria mais limitada do que nas circunstâncias em que encontrava. Qual seria o propósito daquilo tudo? Por mais que quebrasse a cabeça, não teria explicação. Por mais que lanhasse minhas costas nas grades daquela canastra, também não teria resposta. Eu não tinha mesmo saída previsível, mas de qualquer maneira devia procurar uma, pois ninguém pode viver sem ela. Seria preferível a morte do que viver para sempre contido naqueles estreitos limites. Mas, na Hagenbeck, era assim que tratavam os macacos. Pois bem! Deixaria então de ser um macaco! Essa e outras ideias luminosas me vieram ao estômago, pois é com o estômago que os macacos pensam.

Dou-me conta, agora, de que talvez possa surgir algum mal-entendido quanto ao uso que faço, nesta Comunicação, das palavras "uma saída". Utilizo-as em seu sentido mais amplo e comum. Prefiro-as, de caso pensado, a "liberdade", pois não penso naquela liberdade sem qualquer tipo de restrição. Essa, talvez, foi a que conheci quando era macaco, embora tenha também cruzado com seres humanos que vivem a sonhar com ela. A bem da verdade, eu não desejava, no que me diz respeito, mais liberdade naquelas circunstâncias do que a que desejo agora. Os seres humanos, a propósito, estão frequentemente iludidos com relação à liberdade. Sendo o anseio de liberdade um dos mais sublimes que se possa ter, é igualmente sublime a ilusão que lhe corresponde. Muitas vezes me foi dado apreciar, antes de meus números de variedades nos palcos, o trabalho de trapezistas lá nas alturas, perto do teto. Balançavam-se para lá e para cá, tomavam impulso, saltavam, flutuavam no ar até chegar aos braços dos parceiros, sendo que alguns os agarravam pelos cabelos, com os dentes. "Eis aqui uma demonstração da 'liberdade humana'", dizia-

-me eu, "um momento de liberdade criado pelos homens". Mas que grotesca paródia da Divina Natureza! Nenhum edifício resistiria às gargalhadas que tal espetáculo provocaria na macacada.

Não! Liberdade não era exatamente o que eu queria então. Eu buscava uma saída, qualquer saída, pela esquerda ou pela direita, fosse por onde fosse. Não tinha outro anseio. Mesmo que encontrar o caminho de saída não passasse de uma quimera, o anseio era pequeno, e a ilusão não poderia ser maior do que ele. Avante! Avante! Tudo, menos ficar de braços erguidos, enclausurado pelas paredes de uma canastra!

Hoje, vejo tudo bem claro: jamais teria escapado se não tivesse mantido grande tranquilidade em meu íntimo. Pensando bem, devo tudo o que sou agora à calma interior que se apossou de mim logo depois dos primeiros dias a bordo do navio, assim como a devo a seus tripulantes. Eram boas pessoas, apesar de tudo. Estou a recordar-me neste instante do barulho pesado de seus passos a ecoar em minha semissonolência. Tinham o hábito de executar muito vagarosamente todas as tarefas que lhes cabiam. Se um deles quisesse esfregar os olhos, erguia as mãos como se elas pesassem uma tonelada. Suas piadas eram rudes, mas muito alegres e comunicativas. Suas risadas eram sempre acompanhadas de acessos de tosse, que soavam assustadores, mas não tinham importância maior. Sempre tinham alguma coisa na boca, que mascavam sem parar, e depois cuspiam a torto e a direito, sem se preocuparem onde. Viviam se queixando de que eu lhes passava pulgas, mas isso não os indispunha contra mim: achavam natural que meu pelo as abrigasse, assim como pular faz parte da natureza das pulgas, e acabaram acostumando-se com o problema. Algumas vezes, quando, em seus momentos de folga, sentavam-se em torno de mim, num semicírculo, pouco falavam uns com os outros, apenas resmungavam. Esticados sobre os caixotes, fumando seus cachimbos, batiam com as mãos nas coxas ao menor movimento que eu fizesse, e alguns deles chegavam até a me cutucar onde lhes parecesse mais divertido. Está claro que, se hoje alguém me convidasse a viajar de novo naquele navio, eu por certo declinaria do convite, mas é igualmente certo que as lembranças que conservo daqueles dias na terceira classe não são de todo desagradáveis.

A rigor, foi a tranquilidade que me adveio de viver entre eles que me tirou da cabeça qualquer ideia de uma tentativa de fuga. Vendo tudo em retrospectiva, a partir de minha situação atual, constato que devo ter concluído não estar na fuga minha saída para a sobrevivência. Não me recordo se uma fuga seria mesmo possível ou não, mas acredito que, para um macaco, tal oportunidade sempre existiria. Com os dentes que hoje tenho, preciso cuidar-me até para quebrar a casca de uma simples noz, mas, naquela época, eu bem que acabaria, com o correr do tempo, rompendo com eles o cadeado que prendia a porta. Nem tentei fazê-lo. De que me adiantaria? Bastaria que eu pusesse a cabeça fora da jaula para ser imediatamente recapturado e, talvez, metido numa outra jaula ainda pior. Ou, então, se conseguisse escapar despercebido e me abrigasse com outros animais, como, por exemplo, a jiboia que fora alojada num caixote no corredor da frente, poderia ser triturado por ela. Ou, ainda, se tivesse sorte de chegar ao convés, e se dali me atirasse às ondas, poderia boiar por algum tempo, mas certamente me afogaria depois. Seriam atos de desespero, sem dúvida. É óbvio que não raciocinei tudo isso dessa maneira, como os humanos fazem, mas, sob a influência do ambiente que me cercava, agi como se de fato o tivesse feito.

Não raciocinei, mas dediquei-me com a maior tranquilidade à observação daqueles homens que andavam para lá e para cá, sempre com as mesmas caras, os mesmos movimentos — tão uniformes que frequentemente me parecia haver apenas um deles a trabalhar. E esses homens — ou *esse homem* — não se viam perturbados por coisa alguma. Foi então que uma grande aspiração tomou conta de mim. Ninguém me prometeu que minha jaula seria aberta se eu me tornasse um deles, pois semelhantes promessas, aparentemente impossíveis de cumprir, não são jamais feitas, sem mais essa nem aquela. Mas, se a premissa é cumprida, a compensação subitamente surge onde menos se esperava encontrá-la. É verdade que nada havia naquelas pessoas que me atraísse além da medida. Se eu aspirasse àquele tipo de liberdade de que ainda há pouco falei, certamente teria preferido o oceano ao tipo de escape que aqueles rostos sombrios evidenciavam. Seja como for, fiquei a observá-los por muito tempo até que tal ideia me viesse à cabeça. Na verdade, foi essa detida observação que me orientou para o rumo correto.

Era tão fácil imitá-los! Não me custou nada aprender a cuspir, e logo cuspíamos na cara uns dos outros; a única diferença era a de que eu me limpava imediatamente, e eles não. Também não demorou muito para que começasse a fumar cachimbo como um veterano: quando pressionava o fornilho com o meu polegar, os tripulantes morriam de rir. A duras penas, no entanto, percebi a diferença entre um fornilho vazio e outro cheio.

Tive problemas ainda maiores com as garrafas de aguardente. O cheiro da bebida me incomodava bastante; lutei contra ele durante semanas, até conseguir por fim suportá-lo. É curioso que os homens levavam muito mais a sério essas minhas aflições morais do que qualquer outra peculiaridade que eu lhes revelasse. Não consigo distinguir o rosto deles em minhas lembranças, mas havia um que vinha sempre, sozinho ou acompanhado de camaradas, tanto durante o dia quanto à noite, às horas mais desencontradas, postava-se diante de mim com uma garrafa e tentava ensinar-me. Não conseguia compreender-me de modo algum, e tentava decifrar o enigma do meu modo de ser. Desrolhava lentamente a tal garrafa e olhava-me depois, para ver se eu havia compreendido. Confesso que o observava sempre com a mais viva e apaixonada atenção: jamais um professor humano encontrará em toda a Terra um aluno tão dedicado quanto eu. Aberta a garrafa, ele a levava à boca; eu o seguia com os olhos, fixando-os em sua garganta. O homem acenava-me com a cabeça, parecendo satisfeito, e encostava o gargalo nos lábios; então, encantado por estar compreendendo mais e mais, eu soltava uma série de guinchos e me coçava de alto a baixo e de lado a lado. Cada vez mais contente, ele emborcava a garrafa e tomava grandes tragos. Desesperado para imitá-lo, e dominado pelo nervosismo, eu me borrava todo em minha jaula, o que lhe aumentava a alegria. Então, afastando de si a garrafa com o braço estendido e trazendo-a de volta aos lábios com um floreio exagerado, ele terminava de esvaziá-la, com uma inclinação perfeitamente didática. Esgotado pelos excessos de meu desejo, eu já não conseguia mais observá-lo tão detidamente quanto antes e me agarrava às grades, exausto, enquanto ele completava a parte teórica da lição ao esfregar as mãos na barriga, com um sorriso de contentamento.

Só então começaram os exercícios práticos. Já não estava eu completamente fatigado com a teoria? Sim, sem a menor dúvida, mas isso fazia parte de meu destino. Apanhava com a firmeza possível a garrafa que ele me estendia, desrolhava-a com as mãos trêmulas e, animado por esse feito, erguia-a até a minha boca, seguindo à risca o modelo. Mas, embora estivesse vazia, exalando somente o odor da bebida, eu a afastava de mim com repugnância, atirando-a ao chão como evidência desse nojo, para grande consternação de meu mestre, e ainda maior de mim mesmo. De nada adiantava, quer para ele, quer para mim, que, após deitar fora a garrafa, eu também esfregasse minha barriga como ele esfregava a sua, repetindo o mesmo sorriso de prazer.

Com isso, muitas vezes a aula chegava a seu término. Devo esclarecer, a bem da verdade, e em sua honra, que ele não me levava a mal por essa conclusão abrupta, embora por vezes encostasse o cachimbo aceso em meus pelos, queimando-os em locais que me era difícil alcançar, mas bondosamente apagava logo o fogo com suas mãos enormes. Ele não me queria mal, reconhecia que ambos combatíamos do mesmo lado contra a natureza simiesca, embora a mim coubesse o osso mais duro de roer.

Imaginai, portanto, senhores, o grande triunfo que tivemos tanto ele quanto eu quando, certa noite, diante de um círculo de espectadores — talvez fosse alguma festa, pois havia um gramofone tocando e um oficial confraternizava com os tripulantes —, agarrei uma garrafa de aguardente que alguém inadvertidamente deixara diante de minha jaula, desrolhei-a da forma mais correta e, sob o olhar cada vez mais atento dos circunstantes, levei-a à boca e, sem hesitação nem careta, com os olhos rolando e a garganta seca de um bebedor traquejado, esvaziei-lhe o conteúdo de uma só vez e atirei-a longe, não em desespero, mas como requintado artista. É certo que me esqueci de massagear minha barriga, mas, em contrapartida, porque senti que isso se impunha e porque me deu gana de fazê-lo, ou porque tinha os sentidos inebriados, elevei a voz e disse claramente "Olá!", ingressando com essa exclamação no mundo da fala humana e dando o primeiro passo para integrar-me à sua comunidade. A reação foi imediata, "Ouçam, ele fala!", e equivaleu a um beijo em meu corpo suarento.

Repito: não me animava a ideia de imitar os homens; se os imitei foi porque buscava uma saída, e não por qualquer outro motivo. Além do que, o primeiro triunfo não constituiu uma realização tão significativa assim: perdi a voz logo em seguida e só vim a recuperá-la meses mais tarde; a repugnância pelo álcool voltou a dominar-me, ainda mais forte do que antes. No entanto, de uma vez por todas, estava claro diante de mim o caminho que deveria seguir.

Quando me entregaram em Hamburgo ao meu primeiro treinador, vi logo que duas alternativas se colocavam à minha frente: o jardim zoológico ou o teatro de variedades. Não vacilei. Disse a mim mesmo: "Concentra toda a tua energia na carreira das variedades, pois é nela que encontrarás tua saída. O zoológico não passará de uma nova jaula. Se caíres nele, estás perdido!"

E aprendi, senhores! Ah! Como se aprende, quando é necessário; como se aprende, quando se busca uma saída!

Aprende-se como se à ponta de um chicote: à menor desobediência lá se vai uma chibatada! Minha natureza simiesca passou a afastar-se de mim a olhos vistos, tão depressa que meu primeiro treinador é que quase se transformou num macaco, vendo-se obrigado a interromper as lições e a internar-se num sanatório. Felizmente, não demorou muito a ter alta.

Passei por uma sucessão de treinadores, às vezes vários deles simultaneamente, esgotando-os a todos. À medida que me vi com maior confiança em minhas capacidades, que o público demonstrava mais e mais interesse em meu progresso, e o futuro começou a revelar-se brilhante, fui passando a escolher meus próprios mestres, instalando-os em cinco salas contíguas e tendo aulas em sequência, ao pular sem descanso de uma para outra.

Ah, o progresso é isso! Essa penetração do saber, cujos raios vêm de todos os lados para iluminar o cérebro que desperta! Não há por que não admiti-lo: eu estava deslumbrado! Mas, confesso-o também, de modo algum eu o superestimava àquela época, e muito menos agora! Foi graças a um esforço que não encontra até hoje seu equivalente na Terra que eu adquiri a cultura média de um europeu. Isso talvez não queira dizer muito, mas era progresso, no sentido que me libertou da jaula e me proporcionou esta saída, uma saída humana. Todos conheceis, sem dúvida, a expressão coloquial "Sair da rotina"; pois foi exatamente o que eu fiz: *saí da rotina*. Não tinha escolha, pois, como já vos declarei, não era a liberdade pela liberdade o que eu buscava. Ao repassar na memória o processo de minha evolução e os resultados que obtive até agora, não me lamento, mas também não me regozijo.

Com as mãos nos bolsos da calça, uma garrafa de vinho sobre a mesa, mantenho-me meio sentado, meio deitado na cadeira de balanço e olho pela janela para o mundo lá fora. Se chega uma visita, recebo-a de modo adequado. Meu empresário fica na antecâmara: se toco a sineta, ele vem logo e ouve o que tenho a dizer-lhe. Às noites, há representações quase sempre, e meu sucesso é insuperável. Quando retorno à minha casa, a altas horas, depois de banquetes ou outras reuniões sociais, ou de solenes encontros formais, está à minha espera uma jovem chimpanzé ainda não completamente treinada, com a qual me entrego aos prazeres tão caros aos macacos. De dia não me interessa muito estar com ela, pois traz sempre nos olhos o ar surpreendido dos animais ainda em fase de treinamento. Só eu dou por isso, mas não consigo suportá-lo.

Pensando bem, cheguei, sem dúvida, ao que me fixei como meta. Não se diga que não valeu a pena. A propósito, não quero ser julgado por homem algum. Procuro apenas divulgar conhecimentos. Limito-me a relatar. E verifico que até mesmo a vós, eminentes senhores acadêmicos, mais não fiz do que um simples relato.

AFORISMOS

"Ele"
(anotações do ano 1920)

ELE JAMAIS ESTÁ REALMENTE pronto para qualquer eventualidade, mas não chega a censurar-se por isso, pois quando é que, nesta vida que tão implacavelmente exige de nós estarmos preparados a cada instante, poderemos encontrar tempo para nos preparar? E, ainda que houvesse esse tempo, como é que poderíamos nos prevenir sem ter conhecimento da tarefa? Em outras palavras: poderemos algum dia estar à altura de uma tarefa natural, de uma tarefa espontânea que não tenha sido simplesmente armada por artifício? É por isso, então, que ele há muito se deixou dominar pelas circunstâncias, uma contingência para a qual, por mais estranho ou até mesmo confortável que seja, ele não estava minimamente preparado.

★

Tudo o que ele faz parece-lhe, em verdade, extraordinariamente novo, mas, sendo de tal ordem a enxurrada de coisas novas, também extraordinariamente amadorístico e bem pouco tolerável, incapaz de marcar a história, de abreviar a sequência das gerações, de pela primeira vez cortar fundo no âmago da harmonia do mundo que, antes dele, podia ser pelo menos imaginada. Em sua arrogância, ele às vezes se sente mais ansioso quanto ao mundo do que quanto a si próprio.

✳

Ele poderia ter se apresentado a uma prisão. Terminar como prisioneiro — esse poderia ser o sonho de uma vida. Mas era numa gaiola gradeada que se encontrava. Calma e insolentemente, como se estivesse à vontade, o fragor do mundo fluía para fora e para dentro dela por entre as grades; o prisioneiro estava realmente livre, podia tomar parte em tudo, nada do que se passava em torno lhe escapava, e sairia da gaiola quando bem quisesse, pois entre suas grades havia metros de distância, e, em verdade, nem mesmo prisioneiro ele era...

✳

Ele tem a sensação de que, pela simples circunstância de existir, esteja bloqueando seu próprio caminho. Por outro lado, é exatamente nessa ideia de bloqueio que obtém a prova de estar vivo.

✱

A estrutura óssea de sua fronte impede-lhe a passagem. É por isso que ele se lança contra ela até sangrar.

✱

Ele se sente prisioneiro neste mundo, sente-se oprimido. A melancolia, a impotência, as enfermidades e as fantasias alucinadas dos detidos o afligem. Não há conforto que o conforte, pois seria apenas um consolo, um analgésico que tentasse atenuar a realidade brutal de seu cativeiro. Mas se se lhe pergunta o que realmente deseja, não tem resposta a dar, pois — e essa é uma de suas convicções mais fortes — ele não tem ideia do que seja liberdade.

✱

Há quem negue a existência das desgraças apontando para o sol; ele nega a existência do sol apontando para as desgraças.

✱

O desenrolar moroso, autotorturante e ondular de qualquer vida, seja a de terceiros ou a nossa própria (que por vezes parece estagnado por longo tempo, mas em realidade nunca cessa), tortura-o bastante porque traz consigo a incessante compulsão de pensar. Parece-lhe, às vezes, que essa tortura é introdutora de acontecimentos. Quando ouve dizer que um amigo aguarda o nascimento do primeiro filho, ele se dá conta de que, em pensamento, já pagou o preço por isso.

★

Ele vê as coisas de dois modos: o primeiro é uma tranquila contemplação, um exame, uma investigação, um extravasamento de vida que inevitavelmente implica uma certa sensação de bem-estar. As manifestações possíveis desse processo são infinitas, pois se até mesmo um bicho-de--conta precisa de uma fenda relativamente grande para poder acomodar-se, nenhum espaço será necessário para tais tarefas. De fato, mesmo onde não haja a menor rachadura, elas podem existir às dezenas de milhares, interpenetrando-se umas nas outras. Esse é o primeiro modo. O segundo é o momento em que se vê chamado a fazer um relatório de tudo isso, sente-se incapaz de emitir qualquer som e é levado de volta à contemplação etc. Mas agora, sabendo da inutilidade daquilo tudo, já não pode mais abordar superficialmente a questão, faz pesado o corpo e afunda rogando uma praga.

★

É este o problema: há muitos anos, estando de ânimo baixo, sentei-me um dia numa encosta do Laurenziberg. Passei em revista todos os desejos que gostaria de realizar na vida. Descobri que o mais importante, ou o mais agradável, seria o de ter chegado à compreensão do sentido da existência (e — isto estava forçosamente ligado a ele — de poder transmiti-la aos outros por escrito), demonstrando que a vida, ainda que mantendo sua ascensão e seu declínio naturais, deveria ser ao mesmo tempo, e não menos claramente, entendida como um nada, um sonho, uma obscura flutuação no espaço. Um belo desejo, sem dúvida, se eu o tivesse idealizado corretamente. Considerado como um simples desejo, algo assim como construir uma mesa a serra e martelo, com árdua, metódica e técnica eficiência e, simultaneamente, em realidade não a construir, de tal modo que as pessoas pudessem dizer "Fazer uma mesa a serra e martelo nada significa para ele", ou, ainda, "Fazer uma mesa a serra e martelo significa exatamente isso para ele, mas, ao mesmo tempo, nada significa". Em vista disso, aquela martelação certamente se teria tornado mais vigorosa, mais precisa, ainda mais real e, se quiserem, ainda mais sem sentido.

Ele, porém, não podia desejar dessa maneira, pois seu desejo não era bem um desejo, mas apenas a defesa do nada, a justificação da nulidade, um toque de animação que gostaria de aplicar a essa nulidade, na qual, àquela época, mal dera seus primeiros passos conscientes, mas que já entendia como seu verdadeiro elemento. Foi uma espécie de despedida que trouxe consigo do mundo ilusório da mocidade, embora esta nunca o tivesse iludido diretamente, mas apenas permitido que se enganasse com as manifestações de todas as autoridades que teve em torno de si. Está assim explicada a necessidade de seu "desejo".

★

Ele nada prova, a não ser a si mesmo, ele constitui sua única prova; todos os seus oponentes o dominam imediatamente, não ao contradizê-lo (pois ele é irrefutável), mas por se porem à prova.

★

As ligações humanas se apoiam nisto: em que alguém, por uma superior força de vida, dê a impressão de ter refutado outros indivíduos que, por si mesmos, são irrefutáveis. O resultado é suave e confortador para aqueles indivíduos, mas carece de verdade e, por isso, invariavelmente dura pouco.

★

Ele chegou a integrar, certa vez, um grupo monumental. Reunidos em torno de uma ou outra figura que se erguia ao centro, enfileiravam-se, em ordem cuidadosamente definida, vultos da casta militar, das artes, das ciências, do artesanato. Ele era um deles. Mas havia muito que o grupo se dispersou ou, pelo menos, ele deixou de integrá-lo para seguir sozinho seu caminho pela vida. Já nem mais tem sua antiga vocação e, na verdade, esqueceu-se do que um dia chegou a representar. É possível que tal esquecimento seja a causa de certa melancolia, incerteza ou intranquilidade, de certa saudade de tempos idos que lhe obscurece o presente. E, no entanto, essa saudade constitui um elemento essencial do esforço humano, talvez até mesmo seja o próprio esforço.

Ele não vive apenas em função de sua vida pessoal; ele não pensa em benefício de seus próprios pensamentos. Parece-lhe que vive e pensa sob a compulsão de uma família que, em verdade, é por si mesma superlativa em vida e pensamento, mas para a qual ele não passa, em decorrência de alguma lei que ignora, de uma obrigação formal. É por causa dessa família e dessa lei desconhecidas que ele não pode ser dispensado.

O pecado original, aquela antiga falta cometida pelo homem, consiste na queixa que o homem faz — e jamais deixa de fazer —, de que alguma iniquidade foi cometida contra ele, de que foi ele, um dia, a vítima do pecado original.

★

Duas crianças brincavam perto da loja de Casinelli: um menino de mais ou menos seis anos e uma garota de sete, ambos bem-vestidos, e conversavam sobre Deus e o pecado. Parei atrás deles. A menina, que parecia ser católica, disse que o único pecado verdadeiro era enganar a Deus. Com infantil obstinação, o menino, que parecia ser protestante, perguntou o que significava, então, enganar aos seres humanos ou roubar. "Isso é também um grande pecado", respondeu-lhe a garota, "mas não o maior. O maior de todos é mesmo contra Deus; para os pecados contra os seres humanos temos os confessionários. Quando eu mesma me confesso, os anjos logo me cercam; quando cometo um pecado, o diabo fica atrás de mim, embora eu não o veja". Cansada de sua meia seriedade, girou sobre os calcanhares e disse: "Veja, não há ninguém atrás de mim!" O menino voltou-se também sobre si, viu-me e disse, sem ligar a mínima para o fato de que eu iria ouvi-lo: "Olhe, o diabo está às minhas costas." "Também o estou vendo", respondeu a garotinha, "mas esse não é o diabo ao qual me referia."

★

Ele não busca consolo, não porque não o deseje — quem não o quer? — mas porque procurá-lo significaria dedicar toda a sua vida à tarefa, viver para sempre no limite extremo de sua existência, quase que fora dela, mal sabendo para quem é que buscava consolo e, portanto, sendo incapaz de encontrá-lo efetivamente; efetivo, mas não verdadeiro, pois o verdadeiro consolo realmente não existe.

★

Ele se opõe a ter seus semelhantes definindo-lhe os limites. Nenhum homem, ainda que seja infalível, poderá vislumbrar mais do que aquela fração do vizinho para a qual sua energia e capacidade de visão estejam adaptadas. Como todo mundo, embora de maneira mais intensa, ele tem o desejo de não ultrapassar o limite de visão de seu vizinho. Se Robinson Crusoé não tivesse jamais abandonado o ponto mais elevado ou, melhor dizendo, o ponto mais visível de sua ilha, seja em busca de conforto, ou por timidez, medo, ignorância ou ansiedade, ele logo teria perecido. No entanto, como se dispôs a explorá-la, sem prestar atenção aos navios que a bordejavam e a seus fracos telescópios, tendo grande prazer com isso, conseguiu sobreviver e só acabou sendo encontrado por uma sequência de casualidades que, sem dúvida, era logicamente inevitável.

★

— Você transforma sua necessidade em virtude.

— Em primeiro lugar, é exatamente isso o que todo mundo faz; em segundo, é exatamente o que eu não faço. Deixo que minha necessidade continue sendo necessidade. Não dreno o lodo, mas sobrevivo em suas emanações pestilentas.

— Mas é exatamente isso que você, afinal, transforma em virtude.

— Como todo mundo, eu já disse. Mas faço-o apenas por você: guardo na alma as adversidades para que você possa continuar meu amigo.

★

Tudo lhe é permitido, exceto esquecer-se de si mesmo. Com isso, no entanto, tudo lhe é ao mesmo tempo negado, exceto aquilo que num dado momento seja necessário ao todo.

★

A questão de consciência é uma imposição social. Todas as virtudes são individuais, todos os vícios são sociais. As coisas que passam por virtudes sociais, amor, altruísmo, justiça, autossacrifício, por exemplo, são apenas vícios sociais *espantosamente* atenuados.

★

A diferença entre o Sim e o Não que ele costuma dizer a seus contemporâneos e àqueles a quem realmente deveria dizê-lo pode ser comparada à diferença entre a vida e a morte, que também é tão vagamente percebida por ele.

A razão pela qual o julgamento dos indivíduos pelos pósteros é mais justo do que o de seus contemporâneos reside no fato de eles estarem mortos. Desenvolvemo-nos à nossa própria maneira somente após a morte, quando estamos sozinhos. A morte, para um indivíduo, é como a tarde de um sábado para um limpador de chaminés: ela retira a fuligem de seu corpo. Só então se pode verificar se seus contemporâneos o prejudicaram mais do que ele a seus contemporâneos. Se a hipótese for a segunda, então ele terá sido um grande homem.

A força para negar, essa expressão mais do que natural do combatente organismo humano em perpétua mutação, morte e revivescência, temo-la sempre; falta-nos a coragem, por mais que viver seja negar e, portanto, negar equivalha a afirmação.

Ele não morre junto com seus últimos pensamentos. Morrer não é mais do que um fenômeno no âmago do mundo interior (que permanece intacto mesmo que também não passe de mera concepção), um fenômeno natural como qualquer outro, nem alegre nem triste.

✸

A corrente contra a qual ele nada é tão vigorosa que, em certos momentos de descuido, por vezes se deixa levar ao desespero pela paz inexpressiva em que se debate, tão infinitamente longe se vê levado de volta num momento de capitulação.

✸

Ele está sedento e se vê mantido a distância de uma fonte por uma simples moita de arbustos. Mas está dividido por um conflito íntimo: uma parte de si próprio tem visão do conjunto, constata que ele ali de fato se encontra, ao lado da fonte; outra parte, porém, nada percebe, e no máximo intui que a primeira esteja vendo tudo. No entanto, como ele nada percebe, não pode beber.

Ele não é arrojado nem irresponsável nem tampouco medroso. Uma vida livre não o alarmaria, mas jamais lhe foi concedida a experiência de vivê-la. Isso não lhe causa angústia, pois nada que diga respeito a si próprio o aflige.

Existe entretanto um Alguém que desconhece por completo, mas que sente por ele grande e contínua aflição — só por ele. A ansiedade desse Alguém a seu respeito, particularmente a continuidade de sua manifestação, por vezes lhe causa torturantes dores de cabeça nos seus mais tranquilos momentos.

★

Uma certa opressão, o sentimento de estar protegido contra todas as vicissitudes, a vaga segurança de ter a cama preparada para ele, exclusivamente sua, impedem-no de se levantar; por outro lado, não consegue permanecer deitado porque uma inquietação o obriga a sair da cama, bem como sua consciência e as incessantes batidas de seu coração, o medo da morte e o desejo de refutá-la. Isso não lhe dá descanso, e ele se põe de pé outra vez. Esse deita-levanta, e algumas observações fortuitas, desconexas e irrelevantes que faz ao longo do processo, constitui sua vida.

★

Ele tem dois antagonistas: o primeiro empurra-o por detrás, desde o seu nascimento; o segundo bloqueia o caminho diante dele. Ele luta com ambos. A bem da verdade, no entanto, o primeiro o apoia em sua luta com o segundo, pois quer empurrá-lo para a frente. Da mesma maneira, o segundo o apoia em sua luta com o primeiro, pois, obviamente, quer forçá-lo para trás. Tudo isso, porém, só é verdadeiro em teoria, pois não são apenas esses dois os protagonistas que ali se encontram, mas ele também, e quem saberá realmente de suas intenções? Seja como for, ele sonha que algum dia, num momento de descuido — que requererá uma noite mais escura do que qualquer outra já tenha sido —, possa escapar da linha de combate e, pela sua experiência nessa luta, ser promovido a juiz da contenda entre os dois antagonistas.

REFLEXÕES SOBRE O PECADO, A DOR, A ESPERANÇA E O CAMINHO CERTO

1.

O CAMINHO CERTO PASSA sobre uma corda esticada pouco acima do chão. Parece antes destinado a fazer com que as pessoas tropecem do que levá-las a bom fim.

2.

Todo erro humano é fruto da impaciência, do prematuro abandono do método, da ilusória fixação num sonho.

3.

Há dois pecados capitais, de que derivam todos os outros: a impaciência e a preguiça. Devido à impaciência fomos expulsos do Paraíso; devido à preguiça não conseguiremos retornar a ele. Pensando bem, talvez a impaciência seja o mais capital dos pecados: foi por ela que o perdemos, é por ela que não o temos de volta.

4.
Os espíritos de muitos daqueles que partiram não se ocupam de coisa alguma senão sorver goles do rio da morte, pois ele emana de nós, os vivos, e ainda carrega o sal de nossos mares interiores. Mas esse rio às vezes não consegue conter seu desgosto e passa a correr para trás, reconduzindo os mortos à vida. Eles, no entanto, se veem dominados pelo júbilo, erguem sua voz em cânticos de graças e acariciam as águas indignadas.

5.
A partir de certo ponto não há mais qualquer possibilidade de retorno. É exatamente esse o ponto que devemos alcançar.

6.
O momento decisivo no desenvolvimento humano é um todo contínuo. É por isso que estão certos os movimentos revolucionários, que declaram nulo ou inútil tudo o que ocorreu antes deles, pois nada aconteceu ainda.

7.⁴*
Uma das mais eficientes manobras de sedução praticadas pelo Senhor do Mal é o desafio à luta. Compara-se à batalha com uma mulher, que sempre termina na cama.

8.
Certas pessoas são cheias de si porque se julgam virtuosas. No entanto, por serem aparentemente mais difíceis de abordar, as tentações que sofrem vêm sempre de fontes até então ignoradas por elas. A verdade, no entanto, é que um demônio mais poderoso conseguiu apossar-se delas quando os demônios menores que carregavam consigo correram a prostrar-se diante do mais forte.

9.*
Como são distintas as visões que temos das coisas mais simples, digamos de uma maçã: a da criança, que precisa esticar o pescoço para apenas vê-la sobre a mesa, e a do dono da casa, que a apanha ali, e com elegância a oferece a um convidado.

---

4 Estes aforismos foram escritos e numerados pessoalmente por Kafka, que os colocou em folhas separadas. Quando dois deles constarem sob o mesmo número é porque se encontravam numa mesma folha. Os que estiverem assinalados com um asterisco foram riscados pelo autor, mas não eliminados de sua sequência. [N. do T.]

10.
A primeira manifestação de consciência nascente é o desejo de morrer. Esta vida parece insuportável, e inatingível qualquer outra. O desejo de partir deixa de ser vergonhoso: chegamos a rezar para que sejamos conduzidos da velha cela, que tanto odiamos, a uma nova, que ainda não aprendemos a odiar. Há nisso um traço de fé, pois sempre esperamos que durante a mudança de uma para outra o mestre haja por bem passar pelo corredor, contemplar o prisioneiro e dizer: "Jamais fechem essa porta de novo, pois ele deverá vir quando eu o chamar."

11.*
Quando se segue por um caminho plano com o honesto propósito de avançar sempre, e depois se constata que voltamos a um ponto anterior ao da partida, tudo foi inútil. Se, no entanto, estamos escalando um precipício tão inclinado como nós mesmos quando vistos de baixo, nossos deslizamentos serão causados apenas pelo declive do terreno, o que não nos dará motivo para desespero.

12.
Tal qual uma estrada, no outono: basta varrê-la para que de novo se cubra de folhas mortas.

13.
Uma gaiola está sempre à procura de um pássaro.

14.
Nunca estive antes por aqui. Respiro de modo diferente, e uma nova estrela, perto do Sol, ofusca-me ainda mais do que ele.

15.
Se fosse possível construir a Torre de Babel sem ter que escalá-la, a tarefa teria sido permitida.

16.*
Não deixes que o Senhor do Mal te persuada de que tens meios de descobrir seus segredos.

17.
Leopardos invadem o templo e bebem até a última gota o conteúdo dos cálices sacrificiais; isso ocorre repetidamente, com tal frequência, que passa a ser possível aguardá-lo e considerá-lo parte do ritual.

18.
Tão firme quanto a mão segura a pedra, agarrando-a com força para atirá-la o mais longe possível, o caminho também nos leva àquele ponto distante onde ela caiu.

19.
Tu és o problema. E não há, nem perto nem longe, algum estudioso capaz de resolvê-lo.

20.
É de nossos verdadeiros antagonistas que recebemos a coragem sem limites que nos anima.

21.
É necessário entenderes que tua boa sorte residirá na compreensão de que o solo que pisas não pode ser maior do que os dois pés que o cobrem.

22.
Como poderemos alegrar-nos com o mundo, a não ser que estejamos voando até ele em busca de refúgio?

23.*
Há incontáveis sítios de refúgio, e apenas um de salvação; as possibilidades de salvação, no entanto, são tão numerosas quanto todos os sítios de refúgio.

★

Há um local de destino, mas não há caminho que nos leve até ele. O que chamamos de caminho é apenas indecisão.

24.
A tarefa que nos cabe é a de realizar o negativo: o positivo já nos foi concedido.

25.
Quando acomodamos o Senhor do Mal dentro de nós ele cessa de exigir-nos que creiamos nele.

26.
Nossas razões para justificarmos a acomodação do Senhor do Mal não são nossas, mas dele.

✱

O animal arrebata o açoite de seu amo para açoitar-se a si próprio, pensando que assim se transforma em senhor, mas ignora que tudo isso não passa de uma fantasia, criada por outro nó que o amo fez em seu açoite.

27.*
A virtude, num certo sentido, não passa de desconsolo.

28.
Não me esforço por ter autodomínio. Autodomínio significa o desejo de agir coordenadamente em algum ponto fortuito das infinitas radiações de minha existência espiritual. Mas, se devo desenhar tais círculos em torno de mim, o melhor será permanecer em atônita passividade diante do tremendo complexo, e terminar levando comigo apenas a força revigorante que, por contraste, emana do espetáculo.

29.

Os corvos têm certeza de que bastaria um só corvo para arrasar com os céus. Não há dúvida de que tal possa ocorrer, mas isso nada prova contra os céus, pois sua existência simplesmente demonstra a impossibilidade dos corvos.

30.

Os mártires não subestimam seu corpo. Pelo contrário, fazem tudo para que ele seja erguido na cruz e, assim, coincidem em propósito com seus inimigos.

31.

Sua fadiga é comparável à dos gladiadores depois do combate: seu trabalho foi a caiação das paredes no escritório de uma autoridade pública.

32.

Não há o *haver*, apenas o *ser*, apenas *um ser* no último fôlego, aspirando a ser sufocado.

33.

Antigamente, não podia entender por que minhas perguntas ficavam sem resposta; hoje, não posso entender como pensei ter a capacidade de perguntar. Na verdade, eu realmente não pensava: eu apenas perguntava.

34.
Sua resposta à asserção de que ele talvez *possua*, mas nunca *seja*, foi apenas tremedeira e aceleração cardíaca.

35.
Um homem se espantou com a destreza com que alcançou a eternidade. Não percebeu que retrocedera até lá.

36.
Não se pode pagar ao Senhor do Mal em prestações — mas sempre nos esforçamos por fazê-lo.

É concebível que Alexandre Magno, a despeito dos êxitos marciais do início de sua carreira, do excelente exército que havia organizado e do poder que sentia possuir dentro de si para mudar o mundo, pudesse ter ficado às margens do Helesponto, sem atravessá-lo, não por medo, não por indecisão, não por falta de vontade, mas apenas pelo simples fato de que seu corpo era mais pesado do que a água.

37.*
O caminho é infinito. Não se pode acrescentar-lhe — ou subtrair-lhe — um só centímetro. No entanto, todos nós insistimos infantilmente em querer medi-lo. "Sim, terás que ir ao fim das medidas, e isso jamais te será perdoado."

38.*
Nosso conceito de tempo torna possível que falemos do Dia do Julgamento Final como se fosse uma efeméride. Em verdade, ele é uma corte sumária, em sessão permanente.

39.*
A desarmonia do mundo, conforta-nos imaginar, parece ser meramente uma questão aritmética

40.
Deixa que a face convulsionada pelo ódio e pelo desprezo soçobre em teu peito.

41.
Os cães de caça ainda estão brincando no pátio, mas a lebre não lhes escapará, por mais rápido que já esteja a correr para dentro do bosque.

42.
Tu te ajaezaste de modo ridículo para este mundo.

43.
Quanto mais cavalos jungires, mais rapidamente tudo cederá — menos o bloco fincado em seus alicerces, o que será impossível —, mas os tirantes se romperão e, com eles, a perspectiva de uma viagem alegre e inútil.

44.

A palavra *sein* tem dois significados em alemão: *ser* e *pertencer a Ele.*

45.

Foi-lhes oferecida a opção de serem reis, ou mensagens do rei. Sendo crianças, todas escolheram ser mensageiros do rei, e por isso há tantos deles espalhados pelos quatro cantos do mundo. Tendo-se acabado os reis, ficam seus mensageiros a gritar uns aos outros mensagens obsoletas, destituídas de qualquer sentido. Gostariam todos de acabar com sua lastimável existência, mas não ousam fazê-lo por dever de ofício.

46.

A fé no progresso não implica a convicção de que algum progresso já tenha sido alcançado, pois então não seria fé.

47.

A. é um virtuoso, e os céus dão testemunho disso.

48.*

Homem algum pode viver sem a crença inabalável de que haja algo de indestrutível em si mesmo. Ao alimentá-la, contudo, pode atravessar a existência sem ter a menor consciência do que isso possa ser e da confiança que lhe dedica. Uma das formas possíveis de exprimir tal inconsciência talvez seja a fé num Deus à sua medida.

49.*
A intermediação da serpente foi necessária: o Mal pode seduzir os homens, mas não consegue ser um homem.

50.*
Na luta que travas com o mundo, torce sempre pelo mundo.

51.
Não devemos defraudar a quem quer que seja nem sonegar ao mundo o seu triunfo.

52.
Só o mundo espiritual existe; aquilo a que chamamos de mundo físico é o mal que o mundo espiritual contém, e o que chamamos de mal é apenas uma contingência necessária no processo de nosso desenvolvimento infinito.

★

Sob uma luz brilhante e poderosa poderemos ver a dissolução do mundo. Se tivermos a vista cansada, iremos percebê-lo como algo sólido; se a tivermos fraca, ele nos ameaçará com seus punhos; se ela for muito deficiente, ele se sentirá envergonhado e nos esmagará por termos tido a audácia de encará-lo.

53.
Tudo é enganoso: podemos esforçar-nos por viver com um mínimo de ilusão, ou por aceitar as coisas como sejam, ou, ainda, com um máximo de ilusão. Na primeira hipótese trairemos o Bem ao entender que sua realização seja muito fácil, e o Mal por lhe impormos condições de luta esmagadoramente desfavoráveis; na segunda, trairemos o Bem por não nos esforçarmos o bastante para alcançá-lo, mesmo nesta fase terrena; na terceira, trairemos o Bem por nos distanciarmos dele tanto quanto nos seja possível, e o Mal por esperarmos que ele se torne inócuo em sua ubiquidade. Conclui-se, então, que a melhor das três é a segunda, pois se todas nos levam a trair o Bem, essa não desampara o Mal, pelo menos na aparência.

54.
Há problemas para os quais nunca teríamos solução se deles não tivéssemos sido libertados pela própria manobra da natureza.

55.
A linguagem só pode ser empregada com referência àquilo que não pertença ao mundo físico se a considerar-

mos como uma espécie de sombreamento. Se ela tiver um mínimo que seja de exatidão, só poderá referir-se ao mundo físico e sua carga de posses e conexões.

56.*
O homem só mente o mínimo que pode quando mente o mínimo que possa, nunca quando se lhe dá a menor possibilidade de mentir.

57.*
Um lance de degraus que não tenha sido gasto por muitos pés é incapaz de conceber-se outra coisa que não um grupo de tábuas reunido a marteladas.

58.
Aquele que renuncia ao mundo deve amar a todos os homens, pois renunciou também ao mundo deles. Ele começa por aí a adivinhar a verdadeira natureza da condição humana, que só existe para ser amada, desde que sejamos capazes disso.

59.*
Se amas a teu vizinho neste mundo, não lhe fazes nem maior nem menor injustiça se também amares aqui a ti mesmo. A única dúvida reside em ser ou não ser possível a primeira hipótese.

60.
A circunstância de que somente existe um mundo espiritual rouba-nos a esperança, mas dá-nos a certeza.

61.
Nossa arte é uma ofuscação perturbadora diante da verdade: a luz que ilumina as expressões grotescas é real, e nada mais.

62.
A expulsão do Paraíso foi para sempre, em seu sentido básico. Consequentemente, é tão definitiva como é irrevogável a vida neste mundo, mas a natureza eterna daquela ocorrência (ou, em termos temporais, sua continuada recapitulação) torna de certa maneira não apenas possível que lá vivêssemos continuamente, mas que ainda estejamos efetivamente residindo lá, quer o saibamos ou não aqui onde estamos.

63.
O homem se imagina um cidadão livre e protegido deste mundo pois a ele está preso por uma corrente longa a ponto de lhe permitir completa liberdade de movimento por todo o espaço terreno, mas não tão longa que lhe permita ultrapassar seus limites. Ao mesmo tempo, no entanto, pode sentir-se também um cidadão livre e protegido do mundo celestial, ao qual se vê ligado por uma corrente semelhante. Assim sendo, ele se vê contido pela corrente que o prende ao céu toda vez que pretenda dirigir-se à

Terra, ocorrendo o inverso quando deseje alcançar o firmamento. Ocorre, porém, que todas as possibilidades estão diante dele, e bem sabe disso, pois se recusa a aceitar o impasse decorrente da contenção original.

64.
Ele corre atrás dos fatos como um aprendiz de patinação e, o que é mais grave, como um aprendiz que está praticando num local onde seja proibido patinar.

65.
Que maior felicidade poderá haver do que ter crença inabalável num deus doméstico?

66.
Teoricamente, pelo menos, existe uma perfeita possibilidade de sermos felizes: acreditarmos no que há de indestrutível em cada um de nós, mas sem nos esforçarmos para alcançá-lo.

67
Indestrutíveis somos todos os seres humanos, individual e, ao mesmo tempo, coletivamente. É por isso que será sempre maravilhosa e indissolúvel a aliança da humanidade.

68.*
A cada ser humano podem ocorrer percepções tão distintas uma da outra a respeito de determinado assunto

ou objeto que só nos resta concluir existirem várias personalidades dentro de um mesmo indivíduo.

69.
Aqueles que comem as migalhas que caem de sua própria mesa alimentam-se mais lautamente do que os outros durante algum tempo; as migalhas passam depois a ter mais importância do que os próprios pratos servidos, e o resultado é que elas deixam de cair.

70.
Se era mesmo perdível aquilo que supomos ter deixado no Paraíso, torna-se evidente a sua irrelevância; se, ao contrário, era imperdível, conclui-se que sempre vivemos sob falsas crenças.

71.
Testa-te a respeito de humanidade. Os indecisos terão suas dúvidas redobradas, os crentes acreditarão bem mais.

72.
Toda vez que pensamos "Aqui não devo ancorar meu barco", logo sentimos uma raivosa correnteza a nos envolver pelos dois lados.

Uma reversão: atenta, temerosa, expectante, a resposta se esgueira em torno da pergunta, fixando desesperadamente os olhos em seu rosto enigmático, procurando segui-la pelos caminhos mais estranhos que ela percorra, ou seja, pelo caminhos que a distanciem cada vez mais da resposta.

73.
A prática de relações com os seres humanos nos induz sempre à autocontemplação.

74.
O espírito só se torna verdadeiramente livre quando deixa de ser um esteio.

75.
O amor profano pode vir a ser mais sublime do que o sagrado. Está claro que não tem consciência disso, mas, como há sempre em seu bojo um elemento de amor transcendental, poderá consegui-lo.

76.*
A verdade é indivisível, logo não pode revelar-se a si mesma. O homem que deseja descobri-la precisa ser falso.

77.
Ninguém pode desejar aquilo que lhe seja fundamentalmente danoso. Se há indivíduos que aparentem fazê-lo —

talvez aparentem continuadamente —, a explicação de tal atitude reside na circunstância de que em cada um deles há um *eu* que assim busca gratificar-se, embora seja bastante prejudicial ao *outro eu* que também existe dentro deles e se vê compelido a assistir e julgar o problema. Se tivessem desde o início dado apoio a esse *segundo eu*, e não somente após tal julgamento, o *primeiro eu* teria sido anulado e, como ele, o desejo malsão.

78.
Por que vivemos lamentando a queda do homem? Não fomos expulsos do Paraíso por termos caído, mas porque conhecemos a Árvore da Vida, da qual não poderíamos comer o fruto.

79.
Somos pecadores não apenas porque comemos da Árvore da Sabedoria, mas também porque ainda não comemos da Árvore da Vida. O estado em que nos encontramos hoje é pecaminoso, mas independente de qualquer culpa.

80.
Fomos concebidos para viver no Paraíso, assim como o Paraíso foi criado para acolher-nos. Nosso destino foi grandemente alterado, mas nada nos garante que o mesmo tenha ocorrido com o Paraíso.

81.
O mal é uma radiação da consciência humana que ocorre em determinados estágios transicionais. O mundo físico não é por si mesmo realmente uma ilusão, mas apenas o seu mal, que, no entanto, constitui a imagem que dele construímos.

82.
Depois da Queda, temos sido essencialmente iguais em nossa capacidade de reconhecer o Bem e o Mal; não obstante, é em decorrência disso que buscamos demonstrar nossa superioridade individual, embora as verdadeiras diferenças de valor estejam distantes de tal noção. O conceito oposto pode ser explicado desta maneira: ninguém pode, ou deve, contentar-se com o mero conhecimento do Bem e do Mal em si mesmo, mas deve esforçar-se também por agir em função de tal conhecimento. Sucede, porém, que não nos foi atribuída a capacidade de assim proceder, e corremos o risco de não chegar a alcançá-la mesmo que tenhamos de nos destruir no processo, como se nada mais existisse diante de nós além dessa tentativa final. (Devemos nos lembrar, além do mais, que há sempre o risco da morte associado ao comer da Árvore da Sabedoria: talvez tenha sido esse o primeiro sentido da morte natural.) Colocado diante desse desafio, o homem se vê dominado pelo medo e prefere anular sua capacidade de distinguir entre o Bem e o Mal

(a expressão A Queda do Homem bem pode estar ligada ao medo que o domina); verifica, porém, que o que lhe foi permitido descobrir não pode ser anulado, mas apenas confundido. Com tal propósito nossas racionalizações foram criadas. O mundo vive repleto delas: na realidade, todo o mundo *visível* talvez não seja mais do que a racionalização de um homem em busca de paz por um momento. Uma tentativa de falsificar a realidade do conhecimento, de considerá-lo apenas como um objetivo ainda a ser alcançado.

83.
A fé é como a guilhotina: tão pesada quanto leve.

84.
A morte não se coloca diante de nós como a cena de batalha histórica pendurada na parede da sala de aula. Temos o dever de encobrir ou até mesmo de apagar tal imagem com as ações que pudermos realizar enquanto ainda estivermos neste mundo.

85.
Um homem tem liberdade de escolha, e ela é de fato tríplice: em primeiro lugar, era livre quando planejou sua vida (embora não possa negar que muitas vezes já não seja mais o mesmo homem que a escolheu, apesar de estar realizando, pelo simples ato de viver, o que um dia

concebeu); em segundo, quando determinou o caminho que pretendeu seguir e a forma pela qual iria percorrê-lo; em terceiro, quando admitiu que, como a entidade que um dia novamente voltará a ser, tem o desejo de realizar sua vida não importando o que lhe aconteça, e assim acaba por entrar de moto próprio num labirinto tão complexo que nenhum centímetro de sua existência se verá intocado.

Eis aqui a tríplice liberdade de escolha, mas devemos compreendê-la simultaneamente como um todo, uma unidade tão compacta e indissolúvel que em verdade não deixa espaço para qualquer vontade, seja ela livre ou não.

86.*
Duas possibilidades: fazer-se, ou ser infinitamente pequeno. A segunda hipótese equivale a um resultado definido, ou seja, à inação; a primeira, sendo apenas um começo, à liberdade de ação.

87.*
Eis a melhor maneira de evitar erros no uso das palavras: aquelas que devem ser deliberadamente destruídas precisam antes ser conservadas com o maior zelo. E isso porque nunca poderão ser destruídas aquelas que apenas se esfarelam.

88.
A primitiva adoração dos ídolos certamente se originou do medo que certas coisas provocavam, ou, mais bem dito, do medo que sua necessidade e a obrigação de zelar por elas induzia. Tal responsabilidade parecia tão grande que os indivíduos sequer ousaram confiá-la a um só super-homem, cuja intermediação seria por certo insuficiente para aliviá-la, pois o relacionamento com ele ainda estaria sob pesada responsabilidade. Foi então que decidiram dotar todas as coisas de responsabilidade por si próprias e, mais ainda, também de limitada responsabilidade pelo homem.

89.*
Psicologia, pela última vez!

90.*
Há, pelo menos, duas tarefas a cumprir nos albores da tua vida: reduzir cada vez mais o diâmetro do círculo que te contenha e verificar a todo instante se não ficaste escondido fora dele.

91.*
O Mal é frequentemente como que um instrumento que tenhamos nas mãos: queira ele ou não, poderá ser posto de lado sem protesto, desde que não nos falte disposição para fazê-lo.

92.

As alegrias desta vida não lhe são inerentes, pois antes resultam de nosso temor de alcançar patamares mais elevados; os tormentos desta vida também não lhe são próprios, pois emanam desse temor...

93.

Apenas aqui na Terra é que sofrimento quer mesmo dizer sofrimento. Não se entenda por isso que os que sofrem nesta vida serão enobrecidos em outras paragens pelos infortúnios que experimentaram, mas compreenda-se apenas que os sofrimentos neste mundo serão, sem tirar nem pôr, chamados de felicidade num outro por estarem livres de seu oposto.

94.

A ideia que nos alimentemos da infinita grandeza e da infinita extensão do universo equivalerá a um prêmio à nossa capacidade de elaborar teorias e ter consciência de nós mesmos, ambas levadas a seus limites extremos.

95.

Muito mais esmagadora do que nossa implacável convicção de que atualmente vivemos num estado de pecado é a tênue certeza de que haverá sempre a eterna justificação para nossa existência temporal. É dessa segunda postura, cuja pureza oblitera a primeira, que emana a medida de nossa fé.

✳

Algumas pessoas acreditam que, além da grande traição original, uma pequena traição particular foi reservada exclusivamente para cada uma delas. Em outras palavras, seria como assistirmos a um drama de amor representado num palco, onde a artista principal — ao sorrir falsamente para seu amante — na realidade se estivesse dirigindo a um determinado espectador, ao fundo da plateia. Convenhamos que isso é ir longe demais...

96.
Pode-se conhecer coisas diabólicas, mas não se deve acreditar nelas, pois não haveria coisa mais diabólica do que isso.

97.
O pecado sempre se apresenta às claras, e pode ser imediatamente percebido pelos sentidos. Já vem com raiz e tudo, não sendo necessário arrancá-lo.

98.
Devemos participar também de todo o sofrimento que nos cerque. O que cada um de nós possui não é um corpo, mas um processo de crescimento que nos leva a ex-

perimentar todo tipo de dor. Assim como uma criança evolui através de todos os estágios da vida, até a velhice e a morte (cada um desses estágios aparentemente inatingível a partir do outro, seja por medo ou frustrado desejo), também evoluímos nós (não menos profundamente ligados à humanidade do que a nós mesmos) através de todo o sofrimento deste mundo. Não há lugar para a justiça ao longo desse processo, da mesma maneira que não o há para o medo da dor ou a atribuição de qualquer mérito a ela.

99.
Tu podes resguardar-te, no entanto, dos sofrimentos do mundo, estás livre para assim agir, de acordo com tua natureza individual. Cabe considerar, porém, que tal resguardo é uma forma de sofrimento que também poderia ser evitada...

100.
Os meios que este mundo emprega para seduzir-nos e o selo de garantia de que é apenas um estágio de percurso constituem exatamente a mesma coisa. Não devemos ter dúvida quanto a isso, pois de que outra maneira conseguiria ele envolver-nos, em adequação à verdade? Sucede, entretanto, que o pior vem logo em seguida: depois de termos sido realmente seduzidos, esquecemo-nos de tal certidão, e o Bem nos conduz ao Mal, assim como os belos olhos de uma mulher nos conduzem à sua cama.

101.

A humildade enseja a todos, até aos solitários e desesperados, um relacionamento mais firme com os seus semelhantes, mas ele será instantâneo apenas se a humildade for completa e permanente. Ela pode proporcionar isso, porque é a verdadeira linguagem das preces, sendo a um só tempo esteio de adoração e da mais sólida união. Nosso relacionamento com os semelhantes é o da oração; conosco mesmos, é o do esforço. Da oração recebemos a energia para o esforço.

Podes conhecer qualquer coisa além da ilusão? Se a ilusão fosse um dia eliminada, jamais ousarias olhar para trás, pois serias transformado numa estátua de sal.

102.
Todos dedicam muita atenção a A., assim como quem reserva uma mesa de bilhar, excluindo até mesmo jogadores passáveis, à espera de que chegue o grande campeão, examine atentamente o pano de cobertura, recuse-se a aceitar a menor falha e, quando comece a jogar, dê azo à sua implacável fúria.

103.
"E então voltou ao seu trabalho como se nada houvesse acontecido." Eis uma frase que nos soa familiar devido a

inúmeras velhas histórias. Em verdade, talvez isso nunca tenha de fato ocorrido em qualquer delas.

104.
"Ninguém pode dizer que sejamos deficientes em matéria de fé. O simples fato de que estejamos vivos é em si mesmo indiscutível evidência de fé."

"Mas consideras isso uma prova de fé? A rigor, ninguém pode realmente deixar de viver."

"Pois é nessas palavras — 'ninguém pode realmente deixar de viver' — que reside o poder insano da fé: ela se corporifica em tal negação."

★

Não precisas sair de teu quarto. Permanece sentado à tua mesa e escuta. Não, nem mesmo escutes, simplesmente espera. Não, nem mesmo esperes. Fica imóvel e solitário. O mundo simplesmente se oferecerá a ti, para ser desmascarado. Ele não tem escolha, e acabará rolando em êxtase a teus pés.

FONTES

Erzählungen Und Kleine Prosa (Contos e textos breves): "Prometeu" e "Preocupações de um homem de família".

Beim Bau der Chinesischen Mauer (Ao pé da Muralha da China): "Graco, o caçador", "Uma fabulazinha", "A respeito de parábolas", "'Ele' — Anotações do ano 1920", "Reflexões sobre o pecado, a dor, a esperança e o caminho certo".

Ein Landarzt (Um médico de aldeia): "Um médico de aldeia", "Chacais e árabes", "O novo causídico", "Comunicação a uma Academia".

A segunda edição revista deste livro foi publicada em agosto de 2021, quando se comemoram 88 anos da fundação da Editora Civilização Brasileira e 25 anos da morte de Ênio Silveira, que revolucionou o mercado editorial brasileiro em sua busca por uma sociedade mais igualitária, tornando o livro de qualidade acessível a mais brasileiros e publicando conteúdo voltado para a formação do pensamento crítico, mesmo durante a ditadura empresarial-civil-militar iniciada em 1964.

Este livro foi composto na tipologia Celestia Antiqua Std,
em corpo 11,5/17,5, e impresso em papel offwhite,
no Sistema Cameron da Divisão Gráfica
da Distribuidora Record.